Dreizehn Geschichten
aus der Seekiste

Peter-Michael Luserke

Dreizehn Geschichten aus der Seekiste

verlageinundsiebzig

CIP - Einheitsaufnahme

Impressum
1. Auflage 2005, Printed in Germany

24306 Plön, Am Lübschen Tor 4
Telefon 04522-1708, Fax 04522-1803,
e-mail: Verlag71@t-online.de, Internet: www.verlag71.de
Herstellung: **verlag**einundsiebzig Plön
ISBN-Nr. 3-928905-45-7

Inhaltsverzeichnis

Ein kleines Vorwort

Im Jahre 1993 endete abrupt meine Seemanns-Karriere aus Gesundheitsgründen. Ich stand vor dem Nichts und konnte auf Grund meiner schweren Behinderung kaum irgendwelchen Hobbys nachgehen oder gar meiner Frau im Haus oder Garten behilflich sein. Hinzu kamen recht angespannte materielle Verhältnisse und daraus resultierende Zukunftsängste. Meine Frau animierte mich immer wieder zum Schreiben, doch ich fand einfach den Anfang nicht.

Vor fünf Jahren nun begann ich mit der Veröffentlichung von Weihnachtsgeschichten in diversen Tages- und Monatszeitschriften. Doch sollten noch Jahre vergehen, ehe daraus ein Buch wurde. Durch die Vermittlung einer Deutsch-Spanischen Wochenzeitung bekam ich Kontakt zu Frau Möller und ihrem Verlag in Spanien, die dann auch den Mut hatte „Dreizehn Weihnachten auf See“ aufzulegen. Dieses kleine Büchlein brachte mir einen unerwarteten Erfolg im ganzen Norden und von allen

Seiten wurde ich ermutigt, in dem Stil weiterzumachen. Viele Lesungen, TV Sendungen und unzählige Presserezensionen haben mich darin bestätigt, in dieser Richtung fortzufahren.
Ich bedanke mich bei allen, die an mich geglaubt haben. Vor allem bei meiner Frau Dorothee, die mich immer ermutigt hat. Auch gilt mein Dank Herrn und Frau Möller, die mir mit Rat und Tat zur Seite standen. Und was wären meine Bücher ohne die schönen Zeichnungen? Für dieses Buch hat Frau Dagmar Nebe, teilweise auf Grund originaler Schiffsphotos, die Skizzen gezeichnet.
Dieses Buch erschien bereits im Erstdruck in einem spanischen Verlag: der nun vorliegende überarbeitete Nachdruck spricht hoffentlich eine noch größere Leserschaft an.

Krummbek im März 2005

Der erste Landgang

Die Nordsee hatte es in sich gehabt und unseren kleinen Kümo ordentlich durchgeschüttelt! An Schlaf war kaum zu denken, und die Stunden in der mit seitlich überstehenden Holzbrettern gesicherten Koje trugen auch nicht gerade dazu bei, meine recht angeschlagene Psyche wieder auf Vordermann zu bringen. Bei erster Gelegenheit wollte ich den soeben begonnenen Beruf gleich wieder an den Nagel hängen, so hatte ich es mir bestimmt nicht vorgestellt.

Noch vor wenigen Tagen waren wir mit einem Shanty auf den Lippen im wiegenden Seemannsgang durch Elsfleth gelaufen, voller Pläne und romantischer Vorstellungen über unseren Beruf: Häfen, ferne Länder, tropische Strandnächte mit „Hulamädchen" ... und wir konnten den ersten Bordeinsatz kaum erwarten.

Mein erstes Schiff war ein kleines Kümo, ein sogenannter „Eigner". Das heißt, der Kapitän war gleichzeitig Reeder und die Besatzung bestand aus ihm, Steuermann, Koch und vier Mann an Deck.

Der vierte war nun ich. Nach Begutachtung von Schiffsgröße, Logis und der abenteuerlich vermummten Besatzung, die anstatt in schicken Tropenuniformen in schmierigen Parker und Wollmützen steckte, kam dann auch noch das! Sie hatte nämlich nichts Besseres zu tun, als ihren frischgebackenen Moses nicht nur kritisch zu begutachten, sondern gab ihm dazu noch einen zwar herzlichen jedoch derben Empfang.
Die ersten Tage, bedingt durch die vielen neuen Eindrücke, verliefen noch recht positiv, bis das Schiff in seinem Element war und die Seekrankheit mich fürchterlich plagte.
Da auf einem Schiff, wie im richtigen Leben auch, immer die Schwächsten und Jüngsten gepiesackt wurden, hatte ich es schwer, mit meiner Berliner Schnauze gegenanzukommen. Nur beim berühmten Thema Nummer eins tat ich recht weltmännisch und erfand die tollsten amourösen Abenteuer, die ein Fünfzehnjähriger angeblich schon so erlebt habe.
Endlich war die schreckliche Nordsee passiert, und schon nach der Umrundung von Skagen erwachten meine Lebensgeister. Alle Not und Pein der vergangenen Tage war vergessen. Unser Zielhafen wir Vesterwik im Kalmar Sund in Südschweden. Alle Gespräche in der Mannschaftsmesse

drehten sich nur noch um den Landgang und um die gar nicht so kühlen, eher für damalige Begriffe leicht willigen schwedischen Mädchen und um die zu erwartenden Freuden.
Es war Mitte Januar und bedingt durch Eisgang brauchten wir bald noch vier Tage, um endlich ans Ziel zu kommen.
Die Träume der Mannschaft hatten sich erfüllt und wir liefen in ein Wochenende. So wusste die erfahrene Mannschaft (es war noch vor der Discozeit): Am Samstag ist Tanz und somit stehe einem erlebnisreichen Wochenende nichts im Wege.
Alle waren schon an Land, nur für mich fand der Kapitän noch immer einen Zusatzjob! Er wurde mit zwanzig Kronen belohnt, und ich konnte es kaum erwarten, endlich den Kollegen zu folgen. Ich stieß dann auch gleich zu ihnen. Die Stimmung, bei fideler Livemusik mit Schrumm, Schrumm und Akkordeon war schon recht gut. Dafür hatte wohl auch der beachtliche Alkoholkonsum gesorgt.
Da ich vom Kapitän zwecks Taschengeldaufbesserung noch keine Flasche Schnaps zum Verkaufen bekommen hatte, trug ich versteckt unterm Pullover ein paar Bierflaschen mit ins Vergnügen. Ermuntert durch die Crew musste ich jetzt wenigstens „glänzen“ und ließ keinen Tanz aus.

Wie es sich für einen echten Seemann gehört, hatte ich mich natürlich gleich verliebt, auch wenn es mit der Verständigung noch ein wenig problematisch war. Der ebenso anwesende Steuermann hatte meinen „Landgang“, der vom Kapitän auf 22 Uhr befristet war, als stellvertretender Erziehungsberechtigter verlängert, und so meinte ich, mich schon im siebentem Himmel zu befinden, als Svea, der Traum meiner doch noch recht keuschen Wünsche, mich bat, sie nach Hause zu bringen.
Ich glaubte nun den wilden Erzählungen aus der Mannschaftsmesse der vergangenen Tage und trotz der 25 Grad minus wurde mir recht heiß, als wir gegen Mitternacht das Tanzcafé verließen. Der letzte Bus sei schon weg, aber schließlich seien es nur eineinhalb Meilen zu laufen!
Voll Glück gingen wir Handschuh in Handschuh durch die winterliche Landschaft. Der Weg hätte meinetwegen nie zu enden brauchen, wäre da nicht langsam der eisige Wind und der Frost, die sich bemerkbar machten. Tapfer lief ich weiter, und als wir nach gut zwei Stunden ihr elterliches Haus erreichten, fühlte ich mich dem Himmel schon ein Stück näher!
Ich bekam einen kleinen Kuss, ein freundliches „Heijdo“ und schon war sie im Haus verschwunden. Der Rückweg war endlos, ich glaubte, ihn nie

bewältigen zu können! Hatte gerade „Wolfsblut" gelesen und meinte, hinter jedem Hügel würde mich ein Rudel Wölfe erwarten. Da Jack London ja auch recht plastisch den Winter und die Kälte beschrieben hatte, bedauerte ich, keinen Bleistift oder Zettel zur Hand zu haben, um wenigstens eine letzte Nachricht für meine Mutter zu hinterlassen!

Irgendwie schaffte ich es dann trotzdem und war glücklich, die Lichter vom Hafen zu sehen! Mit letzter Kraft kam ich an Bord, schleifte mich in die Messe. Dicht an den Kanonenofen geschmiegt, fand man mich am Sonntagmorgen!

Und als die Mannschaft dann noch erfuhr, dass ich nicht wusste, was eine schwedische Meile (ca. 10 km) bedeutet, kamen zu meinen müden Knochen noch jede Menge Spott hinzu ... bis zum nächsten „Bolzen"!

Landgang ohne Wiederkehr

Endlich den langersehnten Matrosenbrief in der Tasche, suchte ich mir nach ausgiebigen Feiern eine neue Heuer. Das war Anfang der Sechziger noch einfach: morgens zum Heuerboss und man hatte garantiert Stunden später ein neues Schiff! Noch ein kurzes Vorstellen bei der neuen Reederei, und schon saß ich im Zug nach Bremerhaven.
Diesmal hatte ich einen Erzfrachter bekommen und der lag im Innenhafen am Pier. Ein für damalige Zeiten riesiges Schiff. Ich kletterte also voller Elan mit meinem Seesack die Gangway hoch. Endlich Matrose! Und in der schlimmen Bordhierarchie einen Schritt weiter nach oben geklettert! Zu der Zeit bestanden die Besatzungen immer aus etwa fünfzig Mann, da der einundfünfzigste laut Gesetz ein Arzt hätte sein müssen.
Die Dimensionen des Schiffes erschlugen mich fast, riesig breite Gänge und der Achteraufbau hatte sechs Decks bis zur Brücke. Das waren Ausmaße, die ich bislang noch nicht gekannt hatte, und

HOTEL

so fragte ich mich zum 1. Offizier und Bootsmann durch, um mich vorzustellen. Letzterer wies mir meine Kabine zu, die mich von den Ausmaßen bald umhaute. Solch traumhafte Logis hatten auf meinen vorhergehenden Schiffen noch nicht einmal die Offiziere gehabt, und welcher Luxus, endlich eine Kammer für mich allein! So konnte ich es kaum abwarten, einen ausgiebigen Rundgang zu machen.

Schon am späten Nachmittag hieß es „seeklar" machen und im letzten Tageslicht ging es mit Schlepperhilfe durch die Seeschleuse auf die Weser. Ich war für die Acht-bis-zwölf-Uhr-Wache eingeteilt und durfte somit gleich während der ersten Wache auf der Außenweser ans Ruder. War das ein Gefühl, ein so großes Schiff steuern zu dürfen!

Doch schon ein paar Tage später hatte sich die alte Bordroutine eingespielt und ich mich langsam in die Crew integriert. Auf der einen Seite war ich natürlich froh und stolz, jetzt endlich in der Mannschaftsmesse an der Matrosenback sitzen zu dürfen, andrerseits wiederum Pech, der jüngste zu sein. Und so wurde ich auch entsprechend als das Baby unter den Matrosen gehänselt.

Unser Fahrtziel war der St. Lorenzstrom, wo wir südlich von Montreal in einem kleinen, tristen

Hafen, wie mir meine Kollegen erzählten, die schon diverse Male dort waren, Erz laden sollten. Trotzdem freute ich mich auf den Landgang, war doch Kanada ein absolutes Neuland für mich.
So erreichten wir nach einer für die Jahreszeit recht ruhigen Atlantiküberquerung endlich Neufundland. Für die Schiffsleitung war es recht schwierig, durch Nebel und Eisberge zu navigieren, bis die Lotsenstation an der Mündung des St. Lorenz erreicht war. Jetzt noch 36 Stunden mit Lotsenberatung stromaufwärts an Quebec vorbei.
Mitten in der Nacht kamen wir in Sorell an, unserem Ladehafen. Bis auf eine riesige Verladerampe nur in der Ferne ein paar Lichter einer Ansiedlung.
Trotzdem konnte ich am kommenden Tag das Ende der Arbeit kaum erwarten und ging mit einem Kollegen los, mit dem ich mich inzwischen angefreundet hatte.
Wir waren die einzigen Landgänger, denn das, was Hein Seemann sucht, war dort kaum zu finden.
Nach einem strammen Fußmarsch von über einer Stunde kamen wir unternehmungslustig im „Stadtzentrum“ an. Es bestand leider nur aus zwei, drei Geschäften und einer Tankstelle. Das Zentrum des Vergnügens bildete ein Selbstbedienungsrestaurant! Noch nicht einmal eine Kneipe gab es dort!

So hatten einige Kollegen sicherlich Recht gehabt, hier lohnte sich kein Landgang.
Wir setzten uns in die Nähe des Verkaufstresens und schlürften missmutig das überteuerte französische Bier, das kaum unseren Geschmacksnerv erfreute. Bei den Preisen würde es auch keinen langen Abend geben, wir hatten auch schon erfahren, Sperrstunde wäre bereits um 22.00 Uhr.
Ich versuchte eifrig, mit der Bedienung zu flirten, die für meine Begriffe zwar uralt war (Mitte dreißig), aber gerade deshalb versuchte ich mein Glück. War nur äußerst schwierig, denn sie verstand kein Englisch, da in der Region Quebec seinerzeit ausschließlich Französisch gesprochen wurde. So nutzten mir meine wenigen Brocken Schulfranzösisch auch nicht viel, das Gespräch bestand hauptsächlich aus Gesten und Kauderwelsch. Trotzdem hörte ich heraus, sie würde sich freuen, wenn ich sie am kommenden Tag wieder im Geschäft besuchen würde.
Also das Ganze nochmal und pünktlich nach Dienstschluß saß ich, diesmal alleine, erneut im Lokal. Irgendwie schien es sich gerechnet zu haben, meinte ich zumindest, denn sie erlaubte mir, nach Hause gebracht zu werden. Doch da hatte ich mich wohl „verrechnet", denn erstens regnete es in Strömen und zweitens lag bis auf ein

wenig Händchenhalten nichts drin. So stiefelte ich pitschnass zum Schiff zurück.
Der nächste Tag war ein Sonntag und das Lokal hatte geschlossen. So staunte ich nicht schlecht, als sie mit ihrem Auto an der Gangway stand, um mich abzuholen! Die Besatzung schaute recht neidisch, als ihr „Babymatrose“ zu der Lady in den Wagen stieg. Ich jedenfalls genoss die Aufmerksamkeit.
Das Wetter hatte sich aufgeklart und wir machten einen schönen Ausflug nach Quebec. Sie zeigte mir die Stadt, versuchte mir alles Mögliche zu erzählen und ich umgekehrt. Natürlich wähnte ich mich jetzt schon fast am Ziel meiner Wünsche und Begehren und war fest davon überzeugt, der Abend würde in ihrem Bett enden.
Leider falsch gedacht, ein Küsschen in Ehren, so setzte sie mich vor der Gangway ab, gab mir noch einen Brief mit auf den Weg mit einem hübschen Foto von ihr, und das war's dann auch, denn wir sollten am kommenden Morgen auslaufen.
Ich verstand zwar die Welt nicht mehr ganz und die der Frauen erst recht nicht, aber da es noch zwei weitere Reisen an den St. Lorenz geben sollte, war ich guter Hoffnung.
Einen knappen Monat später war es soweit. Diesmal war der Frühling schon ein wenig fortgeschritten und ich staunte nicht schlecht, als Loreen

schon beim Einlaufen am Hafen stand. Sie hatte sich frei genommen und auch ich konnte mir einen freien Tag geben lassen, so stand einem Ausflug nichts im Wege.
Trotz meiner vielen Versuche, jetzt endlich mit ihr schlafen zu können, klappte es auch diesmal nicht. So kam ich ziemlich missmutig wieder zum Schiff. Allerdings hatte sie mir klar gemacht, wenn das Schiff ohne mich den Hafen verließe, würde sie meine Wünsche und Sehnsucht erfüllen! Das brachte mir eine schlaflose Nacht und ich überlegte die Folgen, die es für mich als Siebzehnjährigen bringen konnte, würde ich desertieren.
Doch was ist schon Vernunft in diesem Alter? Mit vielen Tricks verließ ich das Schiff ... und es dampfte tatsächlich ohne mich ab!
Wir fuhren gemeinsam nach Montreal und suchten uns ein preiswertes Hotel. Ich wurde zwar von ihr königlich für meine Tat und den Mut belohnt, aber nach einer Woche war sie verschwunden und ich hing ohne Geld in Montreal.
Das Hotelzimmer hatte sie netterweise bezahlt und mir ein paar Dollar hinterlegt, doch was sollte ich nun anfangen! Aus Erfahrung wusste ich, der sicherste Weg war jetzt, die Deutsche Botschaft aufzusuchen. Dort empfing man mich schon nicht gerade freudig, dennoch schmunzelnd. Der Bot-

schafter persönlich nahm sich meiner an und meinte, so etwas habe er in seiner langen Karriere noch nicht erlebt, dass ein Minderjähriger vom Schiff ausbüxt!
Die Bestimmungen der Polizei und Einwanderungsbehörden sind recht streng und eigentlich hätte ich ins Gefängnis gemusst. Nur mein Alter rettete mich davor. und so steckte er mich für ein paar Tage in ein Seemannsheim. Schon eine knappe Woche später wurde ich auf ein deutsches Holzschiff verfrachtet und musste mir meine Heimfahrt als Rüberarbeiter verdienen.

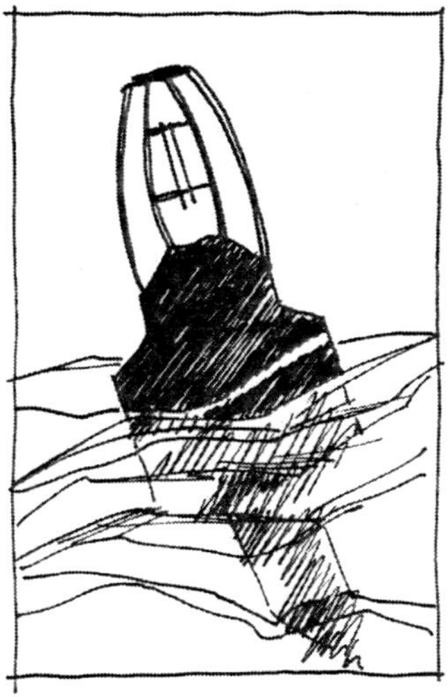

Reise in den Hochofen mit Hindernissen

Anscheinend hatte man mir bei der Reederei mein Kanada-Abenteuer, sprich „Desertieren aus Liebe“, verziehen, denn der Heuerbass gab mir eine neue Chance, als ich voller Reue wieder zurück in Bremen war. Er gab mir eine interessante Heuer auf einem Companieschiff, welches nach Hongkong zwecks Verschrottung verkauft war. Ich klaubte meinen Seesack im Lager der Reederei auf - man hatte ihn nach meinem mutwilligen Verlassen des Schiffes bei der Reederei in Bremen an Land gegeben - und fuhr mit dem Zug nach Hamburg.

Dort in Waltershof, damals noch ein weites, freies Feld, wo man heute, soweit das Auge reicht, nur noch Container sieht, lag mein Dampfer. Es handelte sich um ein ehemaliges norwegisches Schiff, und unsere erste Aufgabe bestand darin, alles was an Stores und Ausrüstung noch wertvoll war und nicht unbedingt für die letzte Reise benötigt wur-

de, zusammen aufzustellen. Es sollte per LKW nach Bremen zum Lager gebracht werden. Die Skandinavier, speziell Norweger, rüsteten zu der Zeit ihre Schiffe mehr als überkomplett aus, da sie oft über Jahre nicht Europa anliefen. Riesige Berge von Ersatzteilen, Deck- und Maschinenstores bis hin zur Küchen- und Pantryausrüstung, ja selbst noch original verpackte Bett- und Tischwäsche befanden sich in den vielen Schränken und Lagern. Diese Schätze wollte die Reederei nicht den Chinesen schenken, denn dafür hatten sie eigene Verwendung. Das Schiff war erst zwei Jahre zuvor von den Norwegern gekauft worden, und selbst jetzt kamen noch unvorstellbare Mengen an wertvoller Ausrüstung zusammen.

Die Frachtabteilung hatte eine Ladung Kunstdünger in Säcken für Indonesien abschließen können, das reduzierte die Kosten der langen Überfahrt. So verholten wir nach Tollerort zum Laden. Auch das dauerte seine Zeit, denn es kam alles noch in Paletten an Bord, und die Schauerleute mussten Sack für Sack in die Lukendecks verstauen. Während der Beladung übenahmen wir für die Reise Bunker und Proviant. Was wir persönlich an Freilager, sprich Zigaretten und Bier, für die anvisierten sechs Wochen brauchten, musste einzeln geordert werden. Es wurde zwar von den Hafenarbeitern rund um die Uhr im Dreischicht-System gearbeitet, doch es dauerte über eine Woche, bis der letzte Sack an Bord war. Jetzt kamen die letzten Behörden aufs Schiff, die Besatzung war bereits auf das gesetzliche Minimum reduziert und endlich konnte es losgehen.

Nun dampften wir auf direktem Weg durch die Nordsee, den Englischen Kanal und Biskaya in Richtung Gibraltar. Alles verlief ruhig und wir freuten uns schon auf die wärmeren Temperaturen, die uns bereits im Mittelmeer empfingen.

Sechs Tage später erreichten wir Port Said. Dort gab es Post, und der Koch erhielt zusätzlich frisches Obst und Gemüse. Der Suez-Kanal mit seinem bunten Treiben und seiner Betriebsamkeit war mir bereits bestens von meiner Lehrzeit bei der Hansa bekannt. So konnte mir kein noch so aufdringlicher Händler etwas andrehen! Nach der eher langweiligen Fahrt durch den Kanal ging es von Suez aus weiter durch das Rote Meer nach Djibuti. Dort musste noch zusätzlicher Bunker genommen werden.

Höhepunkte gab es während der eher langweiligen Überfahrt wenige, mit Ausnahme der Äquatortaufe, die schon mit Spannung erwartet wurde! Bei einigen Reedereien war dieses traditionelle Ritual bereits verboten, denn nicht selten artete es in

Besäufnis und entsprechende Brutalität aus. Wir hatten noch nicht einmal genügend Taufpersonal, so mussten ein paar Besatzungsmitglieder vorgetauft werden. Es begann auch recht spannend. Der „Alte“ ließ das Schiff kurz stoppen, und unter lautem Typhongeheul kam Neptun mit seinem Gefolge, alle bunt geschmückt und angemalt, an Bord. Seine Negerchargen fingen uns Täuflinge ein und wir wurden unter lautem Gejohle in ein Deckshaus gesperrt. Alle Lufteingänge wurden verschlossen. Zur Erfrischung gab es eine Ration Meerwasser. Ich selbst hatte mit meiner großen Berliner Schnauze vorher ordentlich gelästert und man hatte mir eine gründliche Taufe versprochen! Als jüngster Matrose kam ich auch als letzter an die Reihe. Trotz der Ermahnung seitens der Schiffsleitung hatte das Taufpersonal natürlich schon den gewissen Bierpegel. Und die feucht tropischen Temperaturen taten ihr Übriges. So wurde ich mit einem Tampen gefesselt aus dem Verlies gezerrt. Erst brachten mich die Neger zum Arzt, der mir nach seiner Art von Untersuchung undefinierbare, klopsgroße Currypillen einflößte. Damit sie besser rutschen, gab es dazu eine Heringslauge zum Runterspülen! Man gut, dass ich an diesem Tage noch nichts zu Essen bekommen hatte, sonst hätte der von meinen Vorgängern bereits „bunt“ vollge-

spuckte Kittel noch besser ausgesehen. Der Pastor, die nächste Station, hielt mir meine Sünden vor, von denen ich gereinigt werden musste, und schon wanderte ich zwecks Tauchübung ins mittels Persenningen aufgebaute Schwimmbad. Irgendwann musste der Kapitän den vielen Tauchgängen wohl Einhalt geboten haben, sonst säße ich heute nicht hier an meinem Schreibtisch. Mehr geschleift als getragen ging es dann zu Neptun persönlich, dem ich seine mit Senf und „anderen Leckereien" dick beschmierten Füße küssen durfte! Bekam dann noch halbwegs meinen Taufnamen mit, Sägefisch. Nun sei ich berechtigt, den südlichen Äquator zu passieren, da gereinigt!
Von der eigentlichen Feier wollte ich nichts mehr wissen. Hatte genügend mit mir selbst zu tun und versuchte die Spuren der „Reinigung" an meinem geschundenen Körper zu beseitigen.
Doch die Nachwehen der Taufe gingen auch vorüber und wir als Deckscrew hatten jede Menge Arbeit, alles wieder aufzuklaren. Es waren den Täuflingen so einige Kisten Bier herausgepresst worden, das langte noch zu etlichen Grillabenden an Deck und wir freuten uns schon sehr auf Djakarta, den ersten Zielhafen. Hier wurde nicht gelöscht, sondern das Schiff nur umständlich einklariert, d.h. von den Behörden abgefertigt.

Unser eigentlicher Löschhafen lag auf Jawa und war ein winziges Kaff, das keine eigene Abfertigungsmöglichkeit bot. Es war kurz nach dem Fall Sukarnos und es herrschten politisch recht wirre Zustände. Die ehemals holländische Kolonie zeigte noch sehr positive Spuren, nicht nur was die überaus anmutigen und hübschen Menschen anbetraf. Die wenigen von der Crew, die bereits in Indonesien waren, schwärmten in den höchsten Tönen. Eine Nacht blieben wir liegen und waren schon sehr gespannt!

Die Landeswährung hatte keinerlei Wert, wir mussten der Behörden wegen aber ein paar Rupien aufnehmen - zu einem unmöglich schlechten Wechselkurs! Die eigentliche Währung war mal wieder Marlboro, international in vielen Ländern die stabilste!

Nach sechs Wochen Seetörn zogen wir los, zwei Stangen Zigaretten unters Hemd geklemmt und ein halbes Pfund Pomade im Haar.

Gleich am Hafenausgang wurden wir von sogenannten Schleppern in Empfang genommen, die uns zu den heißesten Plätzen führen wollten. Mit ordentlichem Brummschädel kamen wir kurz vor Mitternacht pünktlich wieder an Bord zurück, viel gesehen und viel erlebt hatten wir kaum. Und der leichtfertige Einsatz unserer Zigaretten ließ

viele den Landgang noch Wochen später bitter bereuen!
Semerang - wir erreichten die Reede am Folgetag - machte schon von Weitem einen traumhaften Eindruck. Lange weiße Strände und dahinter gerade noch zu erkennen das Hochland. Das Klima war fantastisch, nie mehr als maximal 30 Grad und dabei eine erfrischende Brise. Wir wriggten unsere Ladebäume, denn es musste mit eigenem Geschirr gelöscht werden. Die Hafenarbeiter kamen mit einer Schute längsseits, alle zwar recht ärmlich, aber äußerst gepflegt und sauber gekleidet. Was noch besser war, sie sprachen holländisch, und so gab es kaum Verständigungsprobleme. Als der Vormann uns erzählte, es stünden nur zwei Schuten zur Verfügung und dass er mit einer Liegezeit von sechs bis acht Wochen rechnete, wurden unsere Gesichter lang. Die Zigaretten gingen langsam zur Neige, Bier war schon lange verbraucht, und auch beim Koch im Proviantraum sah es mau aus. Außer ein paar Früchten gab es auch nichts zu kaufen, und der Kapitän ließ das noch Vorhandene streng in Rationen einteilen. Zu unserem Glück kam Wochen später ein englisches Linienschiff der Strikeline auf Reede und wir konnten dort ein paar Rinder- und Schweinehälften kaufen, die wir per Rettungsboot transportierten.

Seeleute sind ideenreich; da es an Land absolut nichts zu erleben gab und selbst Ausflüge ins Landesinnere der Insel nicht möglich waren, bauten wir uns aus alten Stauholzbrettern Flöße und fuhren mit dem Rettungsboot Wasserski. Ist garantiert eine Erfindung gelangweilter Matrosen! Ich hatte mich mit dem Dampfervormann ein wenig angefreundet, der mich auch mit zu sich nach Hause nahm. Bei ihnen war es zwar kärglich und arm, aber alles war picobello sauber. Sie teilten ihre Fischmahlzeit mit mir.
Alles, was nicht mehr unbedingt gebraucht wurde, jeder letzte angebrochene Farbeimer oder Deckschäkel wurde gegen Tabak oder Fisch eingetauscht. So waren wir trotz allem froh, als es nach über zwei Monaten Löschzeit hieß „Anker auf!“ und das Schiff seine letze Fahrt beginnen konnte.
Beim Einlaufen in die Bucht von Hongkong stand ich am Ruder, als der Lotse an Bord kam. So etwas hatte er in seiner langen Karriere noch nicht erlebt! Von allen Seiten, selbst seitens des Kapitäns, schnurrte man ihn um Zigaretten an. Wir freuten uns sehr, als die Barkasse mit dem Agenten kam und er gleich mehrere Kartons unterm Arm trug. Er war bereits telegrafisch unterrichtet worden.
Eine weitere Barkasse kam längsseits und brachte jede Menge Arbeiter der Abwrackwerft mit. Es

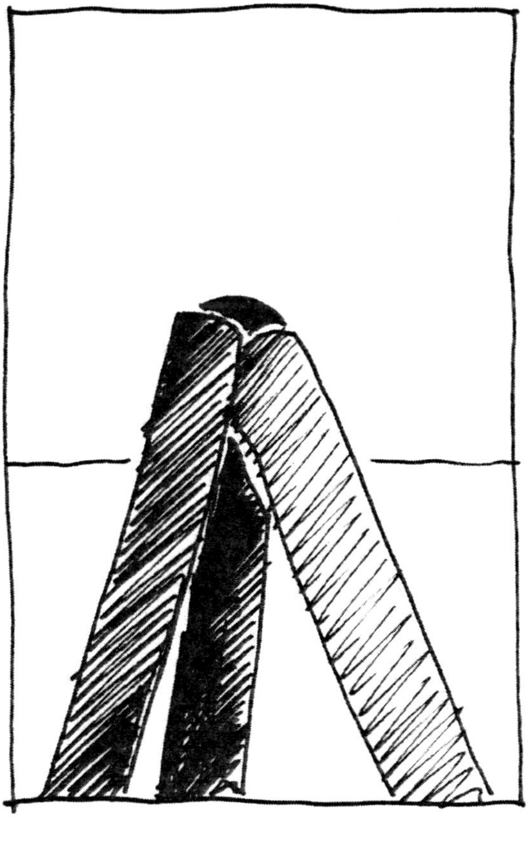

wimmelte nur so an Deck. Wir durften nichts mehr anfassen und das Schiff wurde noch während der Fahrt an die Werft übergeben. Ein Bus holte uns dort ab und wir wurden aufgeteilt. Mannschaft in ein Hotel, Offiziere ins YMCA. Skeptisch, wie Hein Seemann nun mal ist, erwarteten wir eine entsprechende Bruchbude. Doch es hatte wohl eine arge Verwechslung gegeben, wir kamen nämlich in ein Luxushotel, während die Herren Offiziere in der für uns vorgesehenen Jugendherberge untergebracht waren.
Bis zum eigentlichen Heimflug dauerte es noch etliche Tage, da die Reederei mit einer Kompanie einen Flieger gechartert hatte. Zehn Tage vergingen, ehe die andere Crew eintraf. Uns fehlte es an nichts, nur Dollars hatten wir keine mehr, denn wir konnten nur einmal Geld aufnehmen. In unserem traumhaften Hotel einmal die Serviceklingel betätigt, wurden wir mit allem versorgt. Eine Unterschrift unter den Bon reichte aus. Wer auch immer diese Rechnungen hat bezahlen müssen, blieb mir unbekannt. Anscheinend war es nicht der Reeder gewesen, der hätte das garantiert nicht so akzeptiert.
So kamen wir fit und erholt nach vielen Zwischenstops in Hamburg an; leider sind solche Urlaubsreisen jedoch nicht die Regel!

Der Blinddarm

Mitte der Sechziger war es relativ einfach, als Matrose nicht nur das Schiff zu wechseln, sondern auch die Reederei. Ich war das für einen jungen Jan Maat triste Fahrtgebiet bei der D.D.G. Hansa Leid, schließlich hatte ich mir die Christliche Seefahrt anders vorgestellt als nur den „sterilen“ Persischen Golf und Nordamerika. Der natürliche Drang war vorhanden, mal dahin zu kommen, wo es etwas zu „erleben“ gab, und beim üblichen Thema Nummer eins schwelgten die erfahrenen Kollegen nicht von ungefähr von den willigen südamerikanischen Schönheiten, die auch zu der in jenen Zeiten doch recht kargen Heuer für uns erreichbar waren! So zog es mich wie ein Magnet nach Hamburg zum Heuerstall. Der bekannt berüchtigte Heuerbass „Max“ schaute sich wohlwollend mein Seefahrtsbuch an, und nachdem er auch den üblichen 20-Mark-Schein zwischen den Seiten wieselflink entfernt hatte, seinen Obolus, vermittelte er mich zur Hapag zum Vorstellen. Man gut, dass man mir diesen Tipp mit dem Schein vorher gegeben hatte, denn ohne Bonus keine attraktive Heuer! Aufgrund meiner relativ guten Fahrtzeiten wurde ich vom Personalchef akzeptiert und bekam den Posten. Sollte gleich am selben Tag noch anmustern auf einem 24-Lademasten-Stückgutfrachter mit dem ersehnten Fahrtziel Westküste Südamerika.

Es wurden noch alle bekannten nordeuropäischen Häfen wie Bremen, Rotterdam und Antwerpen angelaufen, um überall noch Fracht für die südamerikanischen Häfen hinzuzuladen. Dann ging es endlich los in Richtung Panama-Kanal, unterbrochen nur von einem Bunkerstopp auf den Kanaren. Die Stückgutschiffe hatten früher immer Tiefgangprobleme, d.h. um die Lademarke nicht zu überschreiten, wurde erst in Las Palmas Bunker für die gesamte Rundreise genommen. Zu Francos Zeiten nahm man es dort mit der Lademarke nicht ganz so genau. Es war meine erste Passage des Panama-Kanals und im Gegensatz zum langweiligen Suez war sie doch recht aufregend. Immerhin werden zwei Ozeane mit einem Höhenunterschied von fast hundert Metern verbunden. Die müssen durch die Schleusen überwunden werden. Schlepper brachten das Schiff bis in die Schleuse, dann wurden dicke Festmacherseile - die an Dieselloko-

motiven hingen! - von den Schleusenarbeitern, den sogenannten „Festmachern“, zum Schiff gehievt. Jeweils zwei Diesellocks vorne und achtern und das Schiff wurde so in der Mitte der Schleuse gehalten. Die Schiffsmaschine musste abgestellt werden. Auf diese Weise wurde das Schiff von Schleuse zu Schleuse gezogen, bis sich das Tor der obersten geöffnet hatte und wir mit eigener Kraft wieder weiter in den Kanal fahren konnten. Wenn man das wie ich zum ersten Mal erlebt, ist das schon recht imposant und eindrucksvoll. Während der Kanalpassage hielt man sich, wenn nicht unbedingt anders erforderlich, besser innerhalb der geschlossenen Aufbauten auf, wollte man nicht von den gierigen Moskitos aufgefressen werden.
Beim Einlaufen in Guyaquil war ich fasziniert vom bunten Treiben der vielen Menschenrassen. Von Mulatten bis Neger, das heißt von braun bis schwarz war alles vorhanden in dem damals zweitgrößten Bananenumschlagplatz. So fieberte ich dem Feierabend entgegen. Die wie üblich recht umständliche Abfertigung und das Erteilen der Ausweise für den Landgang zogen sich in die Länge und kosteten die Reederei einiges an „Gastgeschenken“ in Form von Zigaretten und Whisky.
Der erste Landgang in Ecuador war Wahnsinn. Ich war begeistert von den riesigen Bordellen, die

kaum mit Europa vergleichbar waren und kam mir vor wie im Paradies! Es gehörte schon viel Überwindung dazu, morgens um sechs Uhr wieder pünktlich an Bord zu sein! Lediglich die begrenzten finanziellen Möglichkeiten hielten mich davon ab, nicht in jedem Hafen im Milieu zu landen.

Wir bedienten alle bekannten Häfen bis nach Chile, um auf der Nordtour dort in den meisten Häfen auch wieder Ladung für Europa aufzunehmen. Obwohl teilweise rund um die Uhr gelöscht bzw. geladen wurde, gingen fast sechs Wochen drauf, ehe wir wieder den Panama-Kanal erreichten. War die Ladung auf dem Südweg hauptsächlich Stückgut, bestand sie jetzt aus Fischmehl und verschiedenen Erzen. Man bekam den Fischmehlgeruch bei den extremen tropischen Temperaturen kaum mehr aus der Nase und wir waren froh, wieder den Atlantik zu erreichen.

Während der Kanalpassage hatte ich mich schon recht unwohl gefühlt und starke Bauchschmerzen. Am Folgetag wurden sie jedoch unerträglich und ich blieb in der Koje. Einen Bordarzt gab es auf Frachtschiffen nicht, denn der Gesetzgeber schrieb vor, das 51. Besatzungsmitglied müsse ein Doktor sein. Deshalb hatten alle Schiffe genau 50 Mann starke Crews. Unser zweiter Offizier, der wie alle Nautiker entsprechend ausgebildet war und den fehlenden Medizinmann vertrat, war recht ratlos, nachdem die üblichen Medikamente nicht anschlugen. Als die Schmerzen schier unerträglich wurden, ließ sich der Kapitän, der inzwischen hinzugezogen war, via Telegrafie über Norddeich-Radio vom Funkarzt beraten. Der stand seinerzeit den Frachtschiffen Tag und Nacht zur Verfügung.

Er diagnostizierte klar auf Blinddarm, und so wurde mein Bauch mit Eis gekühlt und ich einstweilen mit Penicillin vollgepumpt. Am kommenden Tag, der Kapitän hatte Kontakt zur amerikanischen Coastgard aufgenommen, kam ein Kutter längsseits und holte mich von Bord. Sie hatten einen Arzt und ein komplettes OP an Bord und ich wurde auf der Stelle noch bei denen an Bord operiert.

Es war, wie mir später berichtet wurde, auch dringend, denn der Blinddarm war bereits geplatzt. Man hatte mir ein paar Anziehsachen zusammengepackt und mit auf das Coastgard-Schiff gegeben, dann dampfte mein Schiff weiter gen Osten. Ich wurde nach Puerto Rico in ein Missionshospital gebracht. Quasi kam ich in diesem Hospital erst wieder zur Besinnung nach der OP und hatte von allem kaum etwas mitbekommen.

Die Versorgung war einmalig und ich erholte mich schnell. Das einzige Problem war die Sprache! Mein Spanisch war gleich Null und außer mit ein paar Ärzten konnte ich mich nur mit der amerikanischen Nachtschwester unterhalten. Und die war allerdings sehenswert! Sie stach von den hübschen dunkelhäutigen Schönheiten ab und wirkte eher wie eine Schwedin. Blond, blauäugig und selbst die gestärkte Schwesternkluft konnte kaum ihre strotzenden Rundungen verbergen. Nach einer guten Woche war ich soweit fit, dass ich aufstehen und herumlaufen konnte. Je besser es mir gesundheitlich ging, umso größer wurde meine Langeweile. Nun fing ich an, meine Tage so einzurichten, dass ich abends ausgeschlafen war, um soviel Zeit, wie es ihr Dienst zuließ, mit ihr zu verbringen. Es war eine überaus romantische Stimmung, wenn wir in lauer Tropennacht mit Blick auf den Ozean uns über Gott und die Welt unterhielten. Sie war zwar um einiges älter als ich, hatte aber eine solche Ausstrahlung, dass ich mich, wie kann es anders sein, schon nach kurzer Zeit Hals über Kopf in sie verliebte, oder, ehrlicher gesagt, ich wollte sie erobern. Ein Zeichen, dass ich wieder gesund war!
Manchmal nahm sie ihre Schwesternhaube ab und öffnete ihren blonden Haarknoten. Doch bis auf

eine streichelnde Hand beim Verabschieden war nichts zu erreichen! Das empfand ich schon als kleines Etappenziel und in der darauf folgenden Nacht wurde ich mutiger und nahm sie zum Abschied in die Arme. Auch das ließ sie noch zu, den Kuss wehrte sie jedoch ab. Am letzten Morgen nun, es dämmerte bereits, ich sollte nämlich am nächsten Tag entlassen werden, nahm ich sie gleich in die Arme und sie ließ sich sogar küssen! Jetzt wähnte ich mich am Ziel meiner Wünsche und versuchte meine Hand streichelnd in Richtung ihres Busens wandern zu lassen - da hatte ich etwas angerichtet! Sie wich entsetzt zurück und schrie, ich sei die größte Enttäuschung in ihrem Leben! Nach den vielen, guten Gesprächen, die wir nächtelang hatten, nun dies! Selbst wenn ich bei ihr bliebe und sie heiraten wollte, vor der Ehe käme so etwas nicht in Frage! Sie bewahre sich für den Mann auf, der sie einmal heiratet und alles andere sei schmutzig und widerwärtig! So ging es noch endlos weiter und es dauerte, ehe sie sich beruhigt hatte. Sie war der Meinung, es bestünde eine Chance, mich zu ihrem Glauben zu bekehren und nach einer Eheschließung stünden dann den Freuden des Fleisches nichts mehr im Wege.
So war jeder von uns auf seine Art enttäuscht!
Am Vormittag dann wurde ich nach Puerto Rico

Stadt geflogen. Dort brachte man mich in Hafennähe in einem Hotel unter. In den Sechzigern war es noch nicht üblich, Seeleute per Flugzeug nach Hause zu schicken - aus Kostengründen! Die Reederei hatte dem Agenten Order gegeben, sich gut um mich zu kümmern und ich sollte auf ein Kompanieschiff warten, um mit dem wieder nach Hause zu fahren. Da hatte man mit mir mal wieder den Bock zum Gärtner gemacht! Das Hotel lag umrandet von Hafenkneipen und alles, aber auch alles war „gratis". Das heißt, ich brauchte nur Bons zu quittieren und Bares brachte mir der Makler auch jeden zweiten Tag. Es dauerte gut vierzehn Tage, ehe das Reedereischiff kam, so überstiegen meine Kosten sicherlich bei weitem denen eines Heimflugs. Nie wurde von Seiten der Reederei später darüber ein Wort verloren, so nahm ich den „All inklusiv"-Urlaub gerne an.

Als dann das Schiff einlief, hätte ich zwar als Passagier nach Deutschland zurückfahren können, doch das wäre mir zu langweilig gewesen. So war ich froh, dass der Kapitän mich musterte und ich so auf diese Weise eine neue Heuer hatte.

Die Beute

Während der recht schleppenden Löscharbeiten in Chicago - es war klirrend kalt und der Eriesee zeigte bereits Anfang Oktober eine fast geschlossene Eisdecke - kam der Makler aufgeregt zum Schiff geeilt mit der Hiobsbotschaft, wir sollen so schnell wie möglich alles beenden, es bestände die Gefahr des Einfrierens.
Alle Restladung, eigentlich wären noch weitere Häfen auf den großen Seen in Kanada und Amerika zu bedienen gewesen, sollte in Montreal entladen werden. Es passierte häufig zu der Zeit, dass Schiffe es nicht mehr schafften und vom Eis überrascht wurden. Das bedeutete dann, über Monate im Hafen liegen zu bleiben, und wenn man Pech hatte, sogar im See selbst. Das wollte der Reeder auf alle Fälle verhindern und nahm lieber die Mehrkosten eines Landtransports der restlichen Ladung in Kauf.

Die Schiffe, die die großen Seen bedienten, verfügten noch nicht über genügend Maschinenkraft und Eisbrecherhilfe, was in dem Umfang auch noch nicht zu erwarten war. So wurde das Schiff umgehend seeklar gemacht, Luken wurden verschlossen und die Ladebäume entsprechend gewriggt.
Der Lotse kam auch schon an Bord und es konnte die schwierige Fahrt durch das Eis bei klirrender Kälte beginnen. Das Passieren der Schleusen war bedingt durch den Eisgang auch recht zeitaufwändig, so hatte unsere Decksbesatzung kleine Holzhütten mit Bolleröfen gebaut, um dem Frost trotzen zu können.
Froh waren wir natürlich, endlich aus diesen Temperaturen herauszukommen und erreichten nach zwei eisigen Tagen endlich Montreal. Dort dauerte das Entlöschen der Restladung nochmal zwei Tage. Dann minderte eine freudige Nachricht des Reeders ein wenig die Strapazen: Es sollte nach Haifa in Ballast gehen, zum Apfelsinen laden. Endlich aus der Kälte raus! Und da die Apfelsinenladung für den Nordkontinent, also für Rotterdam, Antwerpen und Hamburg bestimmt war, hob das wesentlich die Stimmung in der Mannschaft.
Da konnte eine stürmische Atlantiküberquerung auch nicht mehr die Stimmung trüben, denn wir

freuten uns schon auf den Ladehafen in Israel. Endlich war mal wieder ein Landgang angesagt, wo Hein Seemann all die Freuden findet, die er vermisst hatte in Kanada und Nordamerika.
Da die Ladung noch konventionell in Kisten und mit dem bordeigenen Ladegeschirr übernommen wurde - die Containerfahrt lag noch in weiter Ferne - war es ein Riesenaufwand, die Ladeluken dafür vorzubereiten und umzurüsten. Doch schon das Mittelmeer zeigte sich freundlich und so zählten wir die Tage bis Haifa.
Gleich nach der Ankunft und dem üblichen langwierigen Einklarieren wurde bekannt, die Beladung dauere trotz Tag- und Nachschichten von Seiten der Hafenarbeiter mindestens sechzig Stunden. So war bei der Mannschaft die Freude groß und dem Feierabend wurde entgegengefiebert! Gestriegelt, im feinsten Landgangsdress, der bestand aus Khakihose und kurzärmligem Hemd, mit einem halben Pfund Pomade im Haar standen wir beim Funker Schlange, um uns „Vorschuss“ zu holen (so nannte man bei der Seefahrt die Abschlagszahlungen im Ausland) und dann im Eiltempo an Land.
Gleich gegenüber des Freihafens waren die ersten Bars, die wir im Pulk schnurstracks „anliefen“. Da ich mir immer den Rückweg frei hielt, man konnte

ja im Voraus nicht ahnen, mit welcher Promillegrenze man die „Heimreise“ antritt, blieb ich in Hafennähe und wechselte nur ab und zu die Pinte. Weit nach Mitternacht segelte ich dann in „schwerer See“, man kann sagen auch mit recht wunden Füßen, wieder in den Hafen zurück. Dabei ein fröhliches Lied auf den Lippen, am Pförtner vorbei in Richtung Schiff. Es war ein langer Weg und er wurde immer länger, hindurch durch Riesenhallen mit Apfelsinenkisten.

Nun gehörte es zu Hein Seemanns Art, immer wenn man Geld ausgegeben hatte von seiner recht kargen Heuer, dann sollte sich das irgendwie gelohnt haben. So kam ich auf die glorreiche Idee, meinen Angehörigen doch eine Freude machen zu wollen und schnappte mir rechts und links je eine Apfelsinenkiste. Der Wachmann kam noch schreiend hinter mir her, er wolle mir am kommenden Tag welche schenken, ich solle nur die Kisten zurück stellen und keinen Unsinn machen! Doch darauf gab ich in meinem angesäuselten Zustand nichts, denn das „Beutegut“ ließ ich mir nicht mehr nehmen.

Schlecht und recht kam ich die Gangway noch gerade hoch und verfrachtete meine beiden Kisten in die Kammer und legte mich „unausgeplünnt“ auf meine Koje.

Doch nicht lange sollte mir ein wohlverdienter Schlaf vergönnt sein. Plötzlich wurde ich von gleißendem Licht geweckt und es standen Polizisten mit meinem nicht gerade begeisterten Kapitän in meiner Kajüte.
Nachdem ich deren Klopfen nicht gehört hatte, warf man den „Alten" aus seinem Schlaf, der dann mittels Hauptschlüssel meine Tür geöffnet hatte.
Es wurde ein Protokoll aufgenommen, meine „Beute" als Beweis sichergestellt (dabei stellte sich heraus, ich hatte anstelle von Apfelsinen Zitronen erwischt) und nachdem der formelle Teil erledigt war, bekam ich natürlich vom „Alten" auch noch ein paar nicht gerade freundliche Takte erzählt.
Dass ich am kommenden Tag auch noch zu einem Schnellrichter musste, rundete das Ganze nicht unbedingt positiv ab. Dieser Landgang war zwar ereignisreich, er zählte aber wohl kaum zu meinen erfolgreichsten.
Am kommenden Vormittag wurde ich von einem Polizeiauto abgeholt (es hätten nur noch Handschellen gefehlt!) und ab ging es zum Gericht.
Eine lange Fahrt quer durch Haifa, und meine sonst übliche große Klappe lag wohl ziemlich daneben.
Lange Flure, immer begleitet von den beiden Polizisten und dann tat sich eine Bürotür auf. Es

war zum Glück kein Gerichtssaal und ich war darüber doch erleichtert.
Eine würdige ältere Dame, man könnte sie fast eher als Lady bezeichnen, ich sehe ihr Bild noch heute vor mir, verlas mir die Anklageschrift. Es zog sich endlos hin und ich wurde immer kleiner, als sie dann auch noch die verschiedenen Paragraphen meines Vergehens bekanntgab.
Plötzlich war irgendwie das Eis gebrochen, sie schmunzelte und bot mir einen Stuhl an.
Ich hatte noch vergessen zu erwähnen, sie sprach perfekt Deutsch: „Ihr Seeleute seid doch ein eigenartiges Volk! Da gebt ihr jede Menge Geld aus, um euren Durst zu stillen und müsst dann aus welchen Gründen auch immer etwas organisieren. Ich verurteile
Sie hiermit zu 100 Pfund (damals waren das ungefähr sechzig Mark) Geldstrafe, der einem wohltätigen Verein zugeführt wird. Nehmen Sie das Urteil an?"
„Natürlich!", stammelte ich und war von der Milde und der Ausstrahlung der Richterin immer mehr erstaunt und gelobte artig, solche Eskapaden in Zukunft zu unterlassen.
„Bootsmann Luserke, Sie befinden sich in bester Gesellschaft", meinte sie schmunzelnd, als der offizielle Teil vorbei war.

„Was glauben Sie, wieviele Seeleute der unterschiedlichsten Nationalitäten hier schon vor mir standen. Sie brauchen sich also nicht minderwertig zu fühlen. Es gibt kaum einen Dienstgrad, der hier nicht schon mit hängendem Kopf bei mir saß."
Artig bedankte ich mich bei ihr, dann ging ich recht nachdenklich zum Schiff zurück.
Und dann muss ich noch erwähnen: Damit die Besatzung keine langen Finger macht und die Ladung angreift, bekam jedes Schiff vom Ablader Unmengen von Apfelsinenkisten gratis als Geschenk.

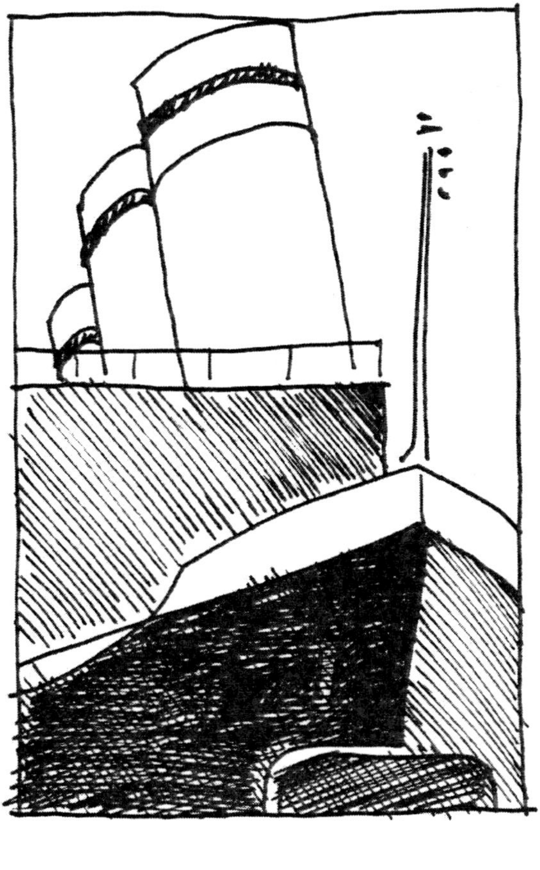

Ein sonderbarer Heizer

In den Sechzigern benötigten die Maschinenassistenten für die Zulassung zu Ingenieur-Schulen noch Dampfschiffzeit, mindestens vorgeschrieben war ein halbes Jahr. Das Problem nur, wo wollte man die fast ausgestorbenen Dampfschiffe noch hernehmen! Turbinen-Tanker gab es auch, und diese Fahrtzeit wurde ebenfalls akzeptiert, doch kaum ausreichend, um alle Stellengesuche zu befriedigen. So unterhielten ein paar Reedereien noch Dampfer, selbst wenn diese bereits auf Öl umgestellt waren. Das nur zur Einleitung.
Ich war bei der Hansa für ein, zwei Jahre abgehauen. Erst versuchte ich es ein paar Monate auf einem Kümo, doch irgendwie war ich dort herausgewachsen und alles war zu eng, im wahrsten Sinne des Wortes. In Bremen war ich mal wieder schrecklich verliebt. Aus bitterer Erfahrung hatte ich gelernt, dass diese Beziehungen den Trennungen von oft mehr als einem ganzen Jahr nicht standhielten. So war ich froh, eine Heuer bei einer

Bremer Linienreederei als Matrose zu bekommen, der alle drei Wochen via Finnland und Rotterdam zurück in Bremen war und dort sogar einige Hafentage hatte. Im tiefsten Winter nicht gerade ein angenehmes Fahrtgebiet, doch die Kurzreisen waren für mich ausschlaggebend. So musterte ich ein paar Tage später an, zusammen mit einem Heizer. Dieser besondere Typ von Mensch war mir bereits früher begegnet. Es drehte sich bei den älteren Heizern um ausgeprägte Individualisten, die sich höchst selten in der Crew einordneten oder gar Freundschaften schlossen. Wir wohnten achtern unter Deck, im sogenannten „Hotel zur Schraube". Die Unterkünfte waren unter aller Sau, dagegen würde heute ein Gefängnisinsasse wegen Verletzung der Menschenrechte angehen! Es gab drei verschiedene Küchen- bzw. Verpflegungsarten, zwei warme Mahlzeiten, den Rest musste sich die Mannschaft aus ihren Backspinden holen. Ich wollte es erst nicht wahrhaben und hatte das nur aus Erzählungen älterer Kollegen gehört. Es wurde noch nach Speiserolle verpflegt! Das bedeutete wöchentliche Rationen, den Rest wie Butter oder gar Bohnenkaffee konnte man sich beim Steward zukaufen! Ich merkte schon nach wenigen Tagen, die Mannschaft bestand aus Kuschern und Arschkriechern! Jeder hatte Angst um seinen Job,

denn fast alle auch in der Decks- und Maschinenmannschaft waren verheiratet, deshalb konnte die Schiffsleitung mit ihnen wie mit Kulis umspringen. Eine Rundreise wollte ich auf alle Fälle machen, sollte mal einer versuchen, mir das Rückgrat zu brechen! Dementsprechend hatte ich natürlich bei fast allen schnell verspielt und der Bootsmann gab mir die miesesten Arbeiten, immer in der Hoffnung, ich würde ihm oder dem 1. Offizier, der natürlich dahinter stand, einen Grund zum Kündigen oder zu anderen disziplinarischen Maßnahmen wie Tagebucheintragung oder ähnlichem geben.
Vom Schnapsschmuggel in Finnland schloss man mich nicht aus, man befürchtete meine Rache. Von fast allen wurde ich gemieden, da die Feiglinge den Kontakt mit mir wegen der daraus entstehenden Konsequenzen fürchteten. Ab und zu bekam ich lediglich von der „Heizergang“ ein anerkennendes Lächeln.
Jeder grübelte über den Heizer nach, der mit mir zusammen angemustert war. Es gab die wildesten Gerüchte, denn sein Auftreten unterschied sich sehr von dem der anderen.
In Bremen hatte ich schon eine Reihe der Ehefrauen gesehen, vor allem die der Offiziere und der Schiffsleitung. Wenn diese jedoch bereits mit ihren Uniformen und ihrer Vornehmheit „spannen“, so

taten es deren Frauen noch mehr. Eine Frau Kapitän hielt es natürlich unter ihrer Würde, sich mit einer Frau eines 3. Ingenieurs zu unterhalten. So war das Getuschel natürlich groß, als die Frauen beim Einlaufen in Bremen den Dienstgraden ihrer Männer entsprechend gestaffelt am Pier standen. Eine Unbekannte war etwas abseits von diesem Pulk. Undefinierbares Alter, irgendwo zwischen 40 und 50 gelagert, aber schon vom ganzen Auftreten eine wirkliche Lady! Für die anderen Ehefrauen muss es schrecklich gewesen sein, denn sie wartete auch auf einen Mann, doch wer war dieser?
Des Eisgangs wegen dauerte es seine Zeit, ehe das Schiff endlich am Pier längsseits lag. Die Gangway ging an Land und die Ehefrauen, dem Rang ihrer Männer entsprechend, stolzierten wie Gänse an Bord. Einige Zeit strich dahin, dann bewegte sich auch die Lady in ihrem schicken Pelz in Richtung Landgang.
Plötzlich erschien der bewusste Heizer, seinen Zampel unterm Arm, und begrüßte unsere Lady mit einer stürmischen Umarmung. Ein Chauffeur kam mit einem großen Daimler fast lautlos in ihre Richtung gerollt und hielt beiden den Schlag auf. Er kam noch einmal zurück und fragte, ob er mich mit in die Stadt nehmen solle. Ich stand nämlich auch bereits mit gepacktem Seesack an Deck und

hatte gekündigt. Freudig nahm ich an. Bei einem Restaurant hielten sie und luden mich zum Essen ein. Im Gespräch, ich erkannte ihn kaum wieder, er trug noch immer seine einfache Kleidung, war er plötzlich ein anderer! Es stellte sich heraus, dass er eine leitende Stellung in einer Werft innehatte. Während des Krieges hatte er bei der Marine als Heizer gedient und wohl irgendwelche romantischen Erinnerungen zurückbehalten. Doch die galten wohl eher seiner Jugend als denen der Seefahrt. So war es für ihn ein Leichtes gewesen, mal für drei Wochen auszusteigen, wie man heute so schön sagt. Er riet mir noch, „einen Gang runterzuschalten", doch sollte ich immer ich selbst bleiben, so wie ich es auch bewiesen hätte.

Ende gut, alles gut!

Als „Scheich“, so nannte man früher den Bootsmann an Bord, hatte ich einen Erzdampfer von der Heuerstelle vermittelt bekommen. Für Anfang siebzig noch ein Riesenschiff, von gewaltigen Dimensionen mit knappen achtzigtausend Tonnen Deadweight. Es war schon recht beeindruckend für mich, das Schiff dort im Überseehafen in Bremerhaven liegen zu sehen! Mit weit über 200 Metern Länge und 40 Metern Breite waren das beträchtliche Ausmaße! Ich ließ das Taxi, welches mich vom Bahnhof zum Hafen gebracht hatte, einen Moment warten und bewunderte das nun fast leere weit über die Kaimauern hinausragende Schiff. Es wirkte gigantisch wie ein Hochhaus!
Nachdem ich mich der Schiffsleitung und Decksmannschaft vorgestellt hatte, machte ich erstmal eine Besichtigungsrunde und war recht fasziniert von der Wahnsinnsgröße. Das Schiff war vorher im Südamerikaeinsatz, so hatte man es mir auf der Heuerstelle gesagt. Der 1. Offizier teilte mir mit,

es wären sieben Kurzreisen Bremerhaven - Kirkenes abgeschlossen, und eine Rundreise dauere inklusive Laden ca. 14 Tage. Als alter Skandinavienfan war ich über diese Reiseorder natürlich sehr begeistert.
Noch am selben Abend liefen wir aus und es war schon ein Erlebnis, wie uns, gerade noch in die Überseeschleuse passend, die Schlepper da durchbugsierten! Danach packte ich meinen Seesack aus und richtete mich in Ruhe in der ungewohnt komfortablen Kabine ein. Solchen Luxus hatte ich noch auf keinem früheren Frachtschiff erlebt! Sogar eine eigene Nasszelle stand mir zur Verfügung, die gab es zu der Zeit oft nicht einmal für die Offiziere! Bis der Lotse auf der Außenweser von Bord war, musste ich noch warten, um sein von-Bord-Gehen zu beaufsichtigen. Dann verbrachte ich meine erste Nacht und schlief glücklich ein, voller Freude über die neue Heuer, und freute mich über das dumpfe Dröhnen des Schiffsdiesels!
Die Reise gen Norden verlief ziemlich ruhig, wir waren ja in Ballast. Wie anders das selbst bei einem solch großen Pott, beladen mit Erz, sein kann, lernte ich erst später kennen. Dann liegt der Schwerpunkt des Schiffes bekanntlich recht tief, entsprechend heftig sind die Rollperioden, wenn es sich wie ein Stehaufmännchen in Sekunden von

einer Seite auf die andere wirft bei quer einlaufender See! Hätte nie geglaubt, dass ein solcher Stahlkoloss so zum Spielball der Wellen werden kann! Mich hatte schon früh geprägt, niemals den Respekt vor der See zu verlieren, und das hat mir dann, als ich selbst in der Verantwortung stand, geholfen.

Zwei Tage vor unserem Bestimmungshafen Kirkenes wurde ich zum „Alten“ beordert. Man bekam früher immer ein leicht schlechtes Gewissen, wenn man zu ihm musste. Schnell überschlug ich die ersten beiden Bordtage, ob ich mir etwas hatte zu Schulden kommen lassen. Doch mir fiel nichts ein. Jedoch dann seine freundliche Begrüßung, und dass er mir sogar einen Stuhl vor seinem Schreibtisch angeboten hatte, lockerte die Atmosphäre schnell. Nach den üblichen Floskeln, wie es mir auf seinem Schiff gefiele und ob ich mit dem ungewohnten Arbeitseinsatz klar käme, kam er schnell zum Kernpunkt seines Anliegens. Ich hatte ihm schon bei meiner Vorstellung erzählt, dass ich bereits gewisse Erfahrungen in dem Fahrtgebiet hätte. Er selbst, so sagte er mir, wollte die erste Reise etwas verhalten bleiben, was den Schnapsverkauf anbetrifft, und ich sollte während der Liegezeit auf Grund meiner Sprachkenntnisse die Risiken des Schmuggels auskundschaften! Das war

Musik in meinen Ohren. Welcher Seemann verdiente sich nicht gerne eine Mark nebenbei! So jubelte ich innerlich und konnte schon in Kürze mein ausgeprägtes Organisationstalent unter Beweis stellen!
Wir hatten uns für die erste Reise auf eine geringe Anzahl Kartons von Wodka geeinigt, dem Lieblingsgetränk aller guten Nordmänner! Mein Job war es nun, diese so gut zu verstecken, dass sie auch bei einer eventuellen Kontrolle seitens des Zolls nicht entdeckt würden! Im ersten Morgengrauen machten wir an der Verladepier fest und die Gangway war noch gar nicht an Land, da kamen schon die ersten Hafenarbeiter über die Schüttanlage an Bord und fragten nach Schnaps. Vorsichtig erkundigte ich mich beim Vormann, wann denn der Zoll käme. Aus Erfahrung wusste ich, dass selbst Zöllner manchmal als Kaufinteressenten auftreten, und so reagierte ich recht skeptisch. Doch dann beruhigte mich ein deutscher Ingenieur, und die Kisten gingen über die Verladerampe von Bord. Er informierte mich auch, dass das Zollbüro in Hammerfest wäre und der Beamte, wenn überhaupt, erst im Laufe des Vormittags zum Einklarieren käme. So besprachen wir gleich eine größere Menge für die Folgereise und die sollte ebenso abgewickelt werden.

Der Hafen gegenüber der russischen Grenze hatte rein gar nichts zu bieten, wo sich Hein Seemann sonst gerne amüsiert! Er bestand aus einem Kaufhaus, einer Tankstelle, ein paar Kiosken und einem kleinen Café. So war ich ganz froh, bei meinem neuen Geschäftspartner abends zum Essen eingeladen worden zu sein. Es wurde ein geselliger Abend und ich lernte seine Familie kennen. Er lebte schon einige Jahre in der Einöde und hatte sich der Abwechslung wegen öfters mal Besatzungsmitglieder zu sich nach Hause eingeladen. Zurück an Bord, hörte ich, dass in einigen Kabinen noch lautstark gefeiert wurde und ich vermeinte auch Mädchenlachen zu hören. Anscheinend hatten es ein paar Matrosen tatsächlich geschafft, selbst in diesem kleinen Hafen weibliche Bekanntschaften zu schließen und diese mit an Bord zu locken! Das war bei einer gewissen Sorte von Frauen auch relativ einfach, oft reichte das Wissen, bei den Seeleuten gäbe es immer etwas zu trinken, dazu aus. Ich selbst hatte in dieser Nacht keine Lust mehr, mich an den Feiern zu beteiligen und war froh, endlich in der Koje zu liegen. Es kam zwar selten vor, dass ich mal eine Party ausließ, doch Ausnahmen bestätigten auch hier die Regel.
Am kommenden Morgen ging ich kurz vor sechs in die Mannschaftsmesse, um vor Dienstbeginn ei-

nen Kaffee zu trinken. Dort saß ein junges Mädchen in einem jämmerlichen Zustand! Sie musste wohl schon Stunden geheult haben, denn von ihrem eigentlich recht hübschen Gesicht war nun nicht mehr viel übrig! Zottelige Haare und ihre Kleidung recht schlampig zugeknöpft. Als ich sie nach den Gründen ihrer Misere fragte, schluchzte sie und erzählte, dass sie in der vergangenen Nacht wohl einen Schritt zu weit gegangen wäre! Da war wohl auch der ungewohnte Alkohol mit im Spiel. So traue sie sich nun nicht nach Hause, und es würde wohl auch jede Menge Ärger geben. Als sie mir auf meine Frage hin ihr Alter nannte, sie hatte noch nicht das entsprechende, wurde ich recht stinkig. So nahm ich sie mit in meine Kabine, dort konnte sie duschen und sich frisch machen, um bei ihrer Heimkehr nicht noch größere Probleme mit ihren Eltem zu bekommen. Beim von-Bord-Gehen versprach sie, nie wieder ein Schiff zu betreten! Ich schnappte mir dann später den Leichtmatrosen und stellte ihn zur Rede. Er war auch recht niedergeschlagen und erklärte, sie wirklich gerne zu mögen. aber diese Situation habe sich nun mal ergeben!

Unser Schiff machte dann nicht nur die sieben, sondern zehn Kurzreisen Kirkenes mit Erz nach Bremerhaven. War eine sehr schöne Zeit, auch wenn sich der Nordatlantik, obwohl es mittlerweile Sommer war, oft ungewohnt rauh zeigte. Aus der anfänglichen Zweckfreundschaft mit dem Bergwerksingenieur wurde eine wirkliche und sie hielt lange an! Jahre später, ich fuhr bereits als Kapitän, meldete mir die Reederei einen frisch von der Seefahrtschule gekommenen 2. Offizier. Ich konnte mit dem Namen nichts anfangen, er aber mit meinem! Es war der bewusste Leichtmatrose. Seine Ehefrau hatte ihn mit dem Auto nach Emden zum Schiff gebracht. Erst als sie sich mir halb lachend und halb weinend an den Hals warf, kam mir die Erinnerung. Sie hatten sich schon während der Norwegenzeit bei den Folgereisen immer wieder getroffen und waren seitdem ein Paar.

Beginn einer neuen Ausreise

Zweimal hatten wir die Rundreise gemacht, einkommend über Antwerpen, Rotterdam, Bremen und Hamburg. So war auch ausgehend Antwerpen wieder der letzte Hafen, bevor es in Richtung Persischer Golf gehen sollte. Anfang der Sechziger, zu Glanzeiten der Stückgutfahrt, bedeutete eine solche Fahrt Trennung von allem, was einem lieb ist: Trennung von Familie, Freunden, ja selbst von Europa ... und das für mindestens sechs bis acht Monate. Es konnte auch schnell schon mal ein Jahr draus werden.

So froh wir einerseits waren, dass es endlich wieder losging und wir dem grausigen Winter an der Nordseeküste entfliehen konnten, gab es, wie immer beim Beginn einer jeden neuen Ausreise, viele Unsicherheitsfaktoren. Nicht wenige von uns fragten sich, ob es auch für jeden persönlich eine erfolgreiche Fahrt würde. Und dass es innerhalb der Besatzung einen großen Wechsel gegeben hatte, trug auch noch gewisse Unsicherheit mit sich,

was allerdings während der hektischen Tage während der Rundreise am Nordkontinent kaum noch zum Tragen kam.
Eine kleine Clique „der Ehemaligen“ war nur übrig geblieben: Funker, Chiefsteward und ich als junger Offiziersanwärter.
Am frühen Sonntagmorgen liefen wir in Antwerpen ein, und wer die Hektik mit Revierfahrt und Schleusen kennt, kann sich vorstellen, dass wir ziemlich groggy waren. An Landgang war nicht mehr groß zu denken. Welcher gute Seemann hatte auch nach drei Wochen Europazeit noch Bares in der Tasche. Nachdem der Kreditrahmen beim Zahlmeister - den machten zu der Zeit auf Frachtschiffen die Funker - schon reichlich abgeschöpft war, konnten sich „gute Freunde“ immer noch ein wenig beim Chiefsteward ausborgen. Und nicht umsonst war ich mit beiden befreundet!
Am frühen Nachmittag zog unsere kleine Clique dann trotzdem noch los in Richtung Stadt, mit dem Ziel, sich nochmal telefonisch endgültig von unseren Lieben daheim zu verabschieden. Muss erklärend dran erinnern, dass es zu der Zeit weder Handys noch Telefonzellen wie heute gab. Eine Auslandsverbindung erforderte umständliche Voranmeldung via Telefonistin beziehungsweise Fernamt. Da am Sonntag jedoch die Post geschlossen

hatte, verbanden wir gleich das Nützliche mit dem Angenehmen und suchten uns eine kleine Hafenkneipe am Scheldekai zum Telefonieren und Einkehren aus. Solche gab es zu Hunderten, und sie hatten sich, ähnlich wie Seemannsheime, auf die Bedürfnisse von uns Seeleuten eingestellt.

Wir landeten dann auch bald in einer kleinen Bar mit schummrigem Licht, winzigstem Tresen, wie geschaffen für uns, und es waren nur drei Barhocker vorhanden, für uns ausreichend. Hinterm Tresen die tief dekollettierte Besitzerin. Das fand man am Scheldekai im belgischen Hafenmilieu in Hunderten von kleinen Hafenkneipen. Wir waren und blieben die einzigen Gäste, und das erste Glas Bier ging auf Kosten des Hauses. Jeder hing seinen Gedanken nach, doch es kam keine rechte Stimmung auf. Selbst nachdem wir unsere Telefongespräche erledigt hatten, brachten weder die Jukebox noch der steigende Alkoholpegel die Psyche zum Jubeln.

Alle drei beobachteten wir die Wirtin, die mit jeder neuen Runde ein wenig hübscher wurde und sich reichlich Mühe gab, uns „müde Tassen" aufzumuntern. Da selbst ihr tief ausgeschnittenes Kleid es kaum schaffte, die Stimmung zu heben, bat sie mich in die hinterm Tresen befindliche Wohnküche mit dem Vorwand, ihr mit dem Umstapeln

von Bierkisten behilflich zu sein. Es war ein recht komisches Zimmer mit vollen und leeren Getränkekisten, eher eine Rumpelkammer als Wohnküche. Ich stand wie Pik sieben im Raum, nicht wissend, welche Art von Hilfe sie wohl brauche! Sie drehte sich zu mir um und hatte ihr Kleid geöffnet. „So mein Kleiner, jetzt wollen wir dich mal in Stimmung bringen!“ Und ehe ich mich versah, hatte sie mir meine Hose heruntergezogen und mich in sich aufgenommen. Das Ganze ging so schnell vonstatten, dass ich kaum zum Nachdenken kam. Sie säuberte mich, steckte mir eine Zigarette in den Mund und schob mich, nachdem ich mein Hemd wieder in der Hose hatte, zurück in den Schankraum.
In den kommenden zwei Stunden holte sie meine beiden Mitstreiter unter ähnlichen fadenscheinigen Gründen in ihr „Liebesnest“, und unsere Stimmung wurde immer ausgelassener und besser. Wir verlebten noch einen netten Abend, und die Psyche war wieder gut, nachdem sie erst eingetrübt war durch den Abschiedsschmerz von zu Hause und die Bedenken einer neuen Ausreise.
Nach einer letzten Runde verabschiedete uns die Wirtin lächelnd, wünschte uns gute Reise und glückliche Heimkehr.
Obwohl Männer - und speziell Seeleute - sich

gerne über das Thema Nummer eins (Frauen und Erlebtes) unterhalten, hütete sich ein jeder von uns, über das Erlebnis zu sprechen. Jeder war der Meinung, nur ihm sei das kurze Glück widerfahren und er der Auserwählte gewesen!

Nach einer solch fantastischen „Rundumbetreuung“ traten wir voller Elan die kommende Ausreise an.

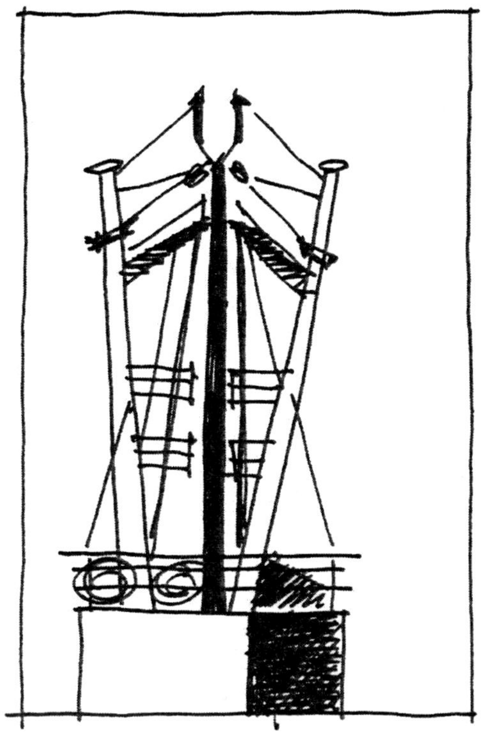

Ein etwas anderer Heiratsantrag

Die Gründung einer Familie hatte ich mir schon ein wenig anders vorgestellt! Jetzt auch noch ein Baby, die Seefahrtschule, und es fehlte an allen Ecken und Enden, was das liebe Geld anbetraf. Unser erstes gemeinsames Domizil war Stocksee, ein kleines Dorf im Kreis Bad Segeberg, mit angeblicher Nähe zur Schule nach Lübeck. Täglich zwei Mal eine Stunde Autofahrt, das kostete Geld und Nerven. So blieb es nicht aus, nicht nur während der Semesterferien, sondern auch an den Wochenenden auf einem Hochseeangelkutter von Laboe aus zu jobben. Kurz vor dem Ende des 2. Semesters stand es fest, ich durfte es wiederholen! Daraufhin fiel die kleine Unterstützung seitens des Arbeitsamtes weg, und ich war froh, gleich für zwei Monate ein Schiff als Bootsmann vermittelt zu bekommen.

Ich nahm mir den ganzen Stapel Schulbücher mit ... das sollte mir nicht ein zweites Mal passieren! Bei dem Schiff handelte es sich um einen Stückgutfrachter, der auch Container laden konnte. Es sollte eine Karibikrundreise für einen französischen Charterer werden und die Zeit müsste ausreichen, rechtzeitig zum Semesterbeginn zurück am Kontinent zu sein. Es waren Gilberthesen als Mannschaft an Bord, die sehr gut mit allen anfallenden Arbeiten auf dem Schiff vertraut waren. Ich hatte relativ wenig zu tun. So trieb ich mich viel auf der Brücke herum, um den Offizieren bei ihren nautischen Tätigkeiten über die Schulter zu schauen. Bis der Kapitän mich einlud, doch abends während seiner Wache von 20.00 Uhr bis 24.00 Uhr auf die Brücke zu kommen. Er wolle sich ein wenig um meine schulischen Lücken kümmern.

So kam ich jeden Abend mit meinen Heften und Büchern beladen zu ihm ins Ruderhaus. Es brachte tatsächlich etwas. Wir mussten als Seefahrtsschüler seinerzeit uns noch mit Logarithmen und der Kompasslehre, den verschiedenen Arten der Deviation herumplagen. Jetzt direkt, praxisbezogen, wurden mir die vorher nicht vorstellbaren Zusammenhänge und Begriffe schnell klar. Ich konnte sogar meine Pflichtanzahl an astronomischen Beobachtungen verdoppeln, die wir für den Semesterabschluss brauchten. Natürlich blieb es in lauer Tropennacht nicht aus, wenn man den strahlenden Sternenhimmel über sich hatte, auch

über private Dinge zu reden. So erzählte ich von meinem Dilemma. Auch wie es dazu gekommen war, ein Semester zu wiederholen. Er war erstaunt, dass ich eine Familie gegründet hatte und nicht einmal verheiratet war. Heute lacht man über solche Formfehler, doch wir Seeleute waren immer ein wenig konservativ.
Ein schönes Ritual war entstanden auf Grund der vielen guten Gespräche. Nach der Wachübergabe an den 2. Offizier lud er mich nach Mitternacht immer noch auf einen Drink in seine Kabine ein. Das Thema ließ ihm anscheinend keine Ruhe und er stellte ein paar Whisky später die Frage, was denn mit meiner jungen Familie wäre und wie ich sie abgesichert hätte, falls mir ein Unglück zustieße! Eine Rente seitens der Seekasse stände der Mutter meines Kindes wohl kaum zu ... und ich wäre ein rechter Luftikus. Noch ein paar Gläser weiter, drückte er mir ein Telegrammformular in die Hand und bestand darauf, es umgehend auszufüllen! Ich sollte endlich meiner Lebensgefährtin einen Heiratsantrag machen, ehe sie es sich vielleicht noch anders überlegt. Als ich das zu Papier gebracht hatte, weckte er morgens um zwei den armen Funker und befahl ihm, diese dringende Nachricht umgehend an Norddeich-Radio abzusetzen. Der schaute uns verdutzt an, kam aber un-

verzüglich der Order nach. Mittags am darauf folgenden Tag brachte er mir einen Umschlag in die Messe. Meine Frau hatte meine Frage, ob sie mich heiraten wollte, lediglich mit einem schlichten „ja“ beantwortet.

Am Ende der Karibikreise ging es nicht wie geplant nach Nordeuropa, das Schiff erhielt eine Kanada-Charter. Kapitän und Reederei sorgten für meinen Heimflug von Neufundland aus. So kam ich zwei Tage vor Schulbeginn in Hamburg-Fuhlsbüttel an. War natürlich ein besonderer Empfang am Flughafen und wir beide waren sehr gerührt. Auf der Rückfahrt fuhr ich nicht direkt nach Hause, sondern hielt in Bornhöved bei unserem zuständigen Rathaus, sprich Standesamt. Waren alle ganz nett, konnten sich ein Lächeln aber nicht verkneifen, als ich mein Anliegen vortrug: „Spätestens übermorgen, am besten schon morgen will ich mit dieser hübschen Frau verheiratet sein.“ Man klärte mich auf, dafür müsste man sechs Wochen im amtlichen Aushängekasten stehen und es wäre ein Berg an Papierkrieg zu bewältigen. Doch das könnte man morgen alles besprechen.

Nun hatte mein Kapitän aber einen alten Paragraphen aus der Kriegszeit ausfindig gemacht, den man in den Aufbaujahren wohl vergessen hatte zu löschen! Grinsend legte ich den vor, und nun war

es am Standesbeamten zu staunen. Er versprach, mich am nächsten Morgen anzurufen. Sollte das alles seine Richtigkeit haben, wäre er der letzte, der sich dagegenstellen würde.
Ein befreundetes Paar, er ein Schulkollege und sie auch zur See gefahren, waren unsere Trauzeugen. Der Standesbeamte hielt eine Ansprache, die kein Pastor besser hätte halten können! Zuletzt riss er, sich selbst in Rage geredet, den Blumenstrauß der Tischdekoration aus der Vase und drückte ihn meiner Frau an die Brust! Vor Aufregung vergaß er, den Trauschein von uns unterschreiben zu lassen. Das holten wir dann am nächsten Tag nach. So konnte ich zwei Tage nach meiner Heimkehr meine Frau über die Schwelle tragen.
Mein Kapitän erhielt natürlich ein Telegramm!

Brunsbüttel ist auch ein schönes Reiseziel

Die Container-Feederfahrt hatte es in sich und überstrapazierte die Besatzung genauso wie auch Schiff und Material. Kurz zur Erklärung: Als Feederschiffe werden kleinere Einheiten benannt, die als sogenannte Zubringer aus Ost- und Nordseehäfen Container oft im wöchentlichen Rhythmus pünktlich zu den Abfahrtszeiten der Riesen die Boxen anliefern. Teilweise bis zu zwölf, fünfzehn Häfen innerhalb einer Woche. Wenn die Ostseehäfen wie Kopenhagen, Göteborg oder Malmö angelaufen werden, beinhaltet das auch zwei Kanalpassagen. In Hamburg gab es eine richtig gehende Hafenrundfahrt, nicht selten sechs bis sieben Mal von einem Lade- bzw. Löschplatz zum nächsten, manchmal zusätzlich zweimal Bremerhaven und zurück, bevor es wieder durch den Kiel-Kanal in die Baltik ging. Bedingung für die Schiffsleitung war, alle Reviere und Flüsse aus Kostengründen ohne Lotsen zu fahren, entsprechend war man im

Dauerstress. Allenfalls der Kanal gab mir als Kapitän auf Grund der Lotsenpflicht ein wenig Ruhe, sofern man dort von Ruhe reden konnte. Doch die Lotsen kannten unser Problem und schickten uns nicht selten schlafen. Schließlich waren die meisten selbst ehemalige Kapitäne und diese Art von Typenschiffen kamen täglich mehrfach durch den „Graben". Die Schiffsgrößen waren Anfang der Achtziger so gehalten, dass sie nur einen Steuermann brauchten. Nicht selten waren das junge und frisch von der Seefahrtschule entlassene. Entsprechend ihrer mangelnden Praxis war das eine zusätzliche Mehrbelastung für mich als Kapitän.

Das erzähle ich nur als Einleitung, damit man die weitere Geschichte besser versteht. Bereits vier Monate war ich an Bord und entsprechend urlaubsreif! Das waren vier lange Wintermonate gewesen, die mit Sturm- oder Nebelfahrten ihr Übriges beigetragen hatten. Ich war froh, dass die Tage wieder länger wurden und dass es abzusehen war, wann der lang ersehnte Ablöserkapitän dem ein Ende setzen würde.

Hamburg mit vielen Verholplätzen lag hinter uns, und in sternklarer Nacht startete ich elbabwärts in Richtung Brunsbüttel. Bremerhaven war schon bedient und ich freute mich auf den verdienten

Schlaf während der bevorstehenden Kanalfahrt. Wir hatten Vollmond und ablaufenden Strom. Dann ist dieser besonders stark und so rechnete ich, in weniger als drei Stunden beim Hafenlotsen zu sein. Gab über UKW-Funk mein ETA (estimated time arrival) für die Ankunft durch und beobachtete von meinem Sessel aus das vorbeiziehende Elbufer. Unsere reguläre Schiffsgeschwindigkeit plus des starken Gezeitenstroms ergab knappe 19 Knoten Geschwindigkeit.
Bis auf einen Matrosen, der in der Mannschaftsmesse auf „Standby" saß und auf Order wartete, schliefen alle. Der Chief war noch auf einen Klönschnack bei mir auf der Brücke und beklagte sich über massive Probleme in seinem „Keller", so wurde im Bordjargon der Maschinenraum bezeichnet. Die anstehende Werftzeit dürfte nicht mehr lange hinausgezögert werden und der Maschineninspektor unserer Reederei sollte sich endlich mal seine Sorgen anhören, noch besser nach Kiel kommen, um sich selbst davon zu überzeugen. Er hatte kaum ausgesprochen, schon kam wieder ein Maschinenarlarm! Wir hatten einen sogenannten wachfreien Betrieb, die wichtigsten Kontrollfunktionen der Hauptmaschine und der einzelnen Hilfsdiesel, die wir zur Stromerzeugung brauchten, wurden auf der Brücke angezeigt und

konnten teilweise auch fernbedient werden. Er konnte mich gerade noch per Telefon vorwarnen, da leuchteten alle Kontrollbirnen rot auf und es war Dauerarlarm! Den konnte ich zwar akustisch beenden, doch schon blieb die Maschine mit einem unangenehmen Knall stehen.
Inzwischen war ich kurz vor dem Elbeport in Brunsbüttel, schaltete die roten Lampen an, die das Schiff als manövrierunfähig auswiesen und informierte den Wachtturm der Lotsenstation. Solange das Schiff noch die gewaltige Fahrt hatte, konnte ich es noch im Strom drehen, was ich unverzüglich einleitete und glücklicherweise auch klappte. Bei dem Tidenhub und der Geschwindigkeit wäre ein Ankerwerfen ausgeschlossen. Dieser Kraft wäre keine Ankerkette gewachsen. So war mit der Radarüberwachung abgesprochen, ich sollte mich noch eine gute Meile flussabwärts treiben lassen, um dann auf der Außenreede zu ankern, um nicht das Fahrwasser für die Großschifffahrt zu behindern. Die Diesel waren zum Glück nicht betroffen und ich konnte das Bugstrahlruder für das Manöver mitnutzen. Langsam erreichte ich die avisierte Position und mir fiel ein Stein vom Herzen, als endlich der Anker fiel und, was noch wichtiger war, auch hielt! Selten hatte eine Zigarette so gut geschmeckt wie jetzt.

Der Chief kam nur kurz auf die Brücke, um mich über den Schaden zu informieren. Vor allem, es sei unmöglich, die Maschine mit Bordmitteln wieder zu reparieren, was selbst in einer Werft bzw. mit Fremdmonteuren eine über Tage andauernde Arbeit bedeuten würde, um das Schiff wieder in Fahrt zu bekommen. Wir hatten eine Kurbelwannenexplosion und der Gesamtschaden war noch nicht feststellbar. So rief ich unverzüglich meinen Charterer in Aarhus in Dänemark an und holte ihn mit dieser „freudigen" Nachricht aus seiner Koje. Es handelt sich bei Containern nun mal um Terminladung und es gibt nichts Schlimmeres als vorgesehene Ablieferungszeiten nicht einhalten zu können. Er wollte sich gleich zurückmelden und so informierte ich als nächstes unseren Maschineninspektor. Auch er brauchte seine Anlaufzeit, um entsprechende Entscheidungen treffen zu können. Schon meldete sich der Charterer wieder, ob ich eine Möglichkeit sähe, die Ladung in Brunsbüttel umzuladen. Ich solle mich dringend vor Ort erkundigen. Der Hafen verband mich sofort mit den zuständigen Agenten, und schon kurze Zeit später gab es eine positive Auskunft. Ich hatte für die bevorstehende Nordreise eine relativ geringe Anzahl von Containem geladen, überwiegend sogar leere Boxen. Da keine über 20 Tonnen wog, konnten das die dortigen Kräne schaffen. Eine Schlepperfahrt zurück nach Hamburg hätte Unsummen gekostet. So waren alle Beteiligten froh über diese Notlösung. Alles wurde arrangiert und zwei Schlepper bugsierten uns an die Pier des Elbehafens.

Es war um die Mittagszeit, bis wir das Schiff endlich längsseits hatten, und ein ganzer Pulk Menschen stand bereits am Pier, um das Schiff fast zu entern. Von Agenten über Behörden bis hin zu Vertretern der Ladungs- und Schiffsversicherung, Inspektoren der SBG und des GL, selbst mein Reeder war persönlich mit dem Maschineninspektor gekommen, denn es handelte sich um eine Havarie, bei der unendlich viel Geld die Hauptrolle spielte.

Auch der dänische Charterer hatte seine Vertreter und Versicherer geschickt. Ein Teil der Ladung musste doch per Truck weiterbefördert werden und jeder wollte natürlich die Kosten so gering wie möglich halten bzw. sie auf den Nächsten abwälzen!

Der Maschineninspektor verschwand zum Glück gleich im Keller, hatte schon einige MAK-Fachingenieure mit im Schlepptau. Bei den vielen Leuten, die mein Schiffsbüro bis hin zum privaten Salon bevölkerten, trat wohl nicht von ungefähr

der Wunsch auf, einfach ein Taxi zu bestellen, nach Hause zu fahren und nichts mehr zu hören und zu sehen.
Die Löscharbeiten waren bereits im Gange, da meldeten sich die Herren aus der Maschine, um eine detaillierte Übersicht des Schadens zu geben. Das Schiff sei am Pier reparabel und es brauche nicht in eine Werft. Nur der Zeitfaktor, selbst wenn um die Uhr im Schichtbetrieb repariert würde, sei nicht zu kalkulieren. Acht bis zehn Tage sei jedoch das Minimum. So war mein Reeder erleichtert, es gab nämlich Klauseln im Zeitchartervertrag, der bis zu 14 Tage Werft und Reparatur pro Jahr erlaubte. Mehr wollte er gar nicht wissen, alles Weitere würden die Versicherungen unter sich regeln, und er wünschte mir leicht ironisch ein paar schöne Hafentage in Brunsbüttel.
Spät in der Nacht waren alle Container gelöscht und es trat zumindest ein wenig Ruhe ein. Immer mehr der wichtigen Herren verließen das Schiff und bis auf die Gang von Monteuren, die weiterhin unsere Hauptmaschine auseinander pflückten, hörte man nichts mehr und ich hatte meine Unterkunft wieder für mich! Zum Glück liefen die Hilfsdiesel, so wurde der Montagelärm im Maschinenraum gedämpft.
Ich hatte natürlich schon mehrfach mit meiner

Frau telefoniert und sie laufend über den Stand der Dinge unterrichtet. Sie freute sich mit mir - wenigstens überhaupt jemand -, dass alles so glimpflich abgelaufen war. Zeit genug hatten wir jetzt und sie versprach, mich am Wochenende zu besuchen. Ich wäre natürlich viel lieber selbst nach Hause gefahren, doch länger als ein paar Stunden hintereinander konnte ich nicht von Bord, da wir des öfteren auch kurzfristig am Pier das Schiff verholen mussten. Da wir direkt am Strom lagen, war das, ohne Maschinenkraft zur Verfügung zu haben, recht riskant, und meine Anwesenheit war leider erforderlich.

So erkundeten wir an einem langen Wochenende bei traumhaftem Frühlingswetter mit schon fast sommerlichen Temperaturen die Umgebung von Brunsbüttel. Abends durch die romantische Altstadt, mal auf die triste Bordküche verzichten und in einem der verträumten Restaurants essen zu gehen, so hatte ich mir das Seemannsleben vorgestellt. Doch leider musste mich meine Frau am Montag in der Frühe wieder verlassen, es waren keine Schulferien und die Pflicht der Kids rief!

Doch dann, am Vormittag, rief mein Reeder an und fragte, ob ich nicht meinen geplanten Urlaub antreten wolle, er hätte gerade einen Ablöserkapitän frei. Ich versuchte, wie man heute so schön sagt, „cool" zu bleiben, obgleich ich innerlich vor Freude wohl eher in die Luft gesprungen wäre. Ich verabredete mit meinem Reeder, am nächsten Tag in Urlaub zu gehen, für die Übergabe wäre alles vorbereitet. Diese „coole" Haltung konnte ich natürlich meiner Frau gegenüber aufgeben, bei ihr durfte ich laut meine Freude kundtun. Ich konnte mir lebhaft vorstellen, wie sie daraufhin am Dienstagmorgen unseren alten Diesel quälte. Sie schaffte nämlich die sonst übliche Fahrtzeit von knappen drei Stunden in weniger als der Hälfte der Zeit.

Fahrt ins Ungewisse

Recht deprimiert brachte mich die Frau, die ich liebe, nach Fuhlsbüttel zum Flieger. War gerade mal knappe drei Wochen zu Hause, da kam die Order, wieder mein altes Schiff zu übernehmen. Und das drei Tage vor Weihnachten! Mein Urlaub hätte bis weit in den Februar gedauert und nun diese Nachricht! Mein Ablöser war krank geworden. Ob es nun etwas Ernsthaftes oder ob es wie es bei manchen Kollegen die „Weihnachtskrankheit" war, konnte ich aus der Entfemung nicht checken und war entsprechend sauer. Meine Frau hatte mir die Hölle heißgemacht, weshalb ich nicht einfach ablehnte! Das war aufgrund der Arbeitsmarktsituation kaum machbar, zumal ich auch noch relativ neu bei der Reederei war. Ich war auf gut Deutsch gesagt stinksauer, trotzdem aber froh, endlich im Flugzeug zu sitzen, denn der Abschied war für uns beide nicht ganz einfach gewesen.

Nach dem Umsteigen in Paris Orly kam ich gegen Mitternacht in Marseille an, wo mich schon der

Makler am Flughafen erwartete. Wir sollten dringend auslaufen, der Lotse wäre bereits an Bord, mein Urlaubsvertreter war schon auf dem Weg nach Deutschland. Innerhalb der Besatzung hatte es kaum Veränderungen gegeben und der 1. Offizier erwartete mich schon an der Gangway. Die Reederei hatte mir noch am Telefon zu Hause gesagt, es ginge nach Algier. Inzwischen war die Reiseroute aber geändert und die neue Order lautete Abidjan, Westafrika. Nun, mir konnte jetzt alles egal sein. Kannte ja mein Schiff und wusste, dass wir vom Seekartenmaterial her und allem, was dazu gehört, gut ausgerüstet waren und erkundigte mich beim Chief nach dem Bunkerstand. In Algeciras sollte zugebunkert werden, so begab ich mich noch in Reisezivil gleich auf die Brücke und leitete das Ablegemanöver ein. Klappte ohne Probleme und schon in der Hafenausfahrt verabschiedete sich der Lotse. Warf noch einen kurzen Blick auf das Wetterfax, es sah gut aus für das westliche Mittelmeer und so lag dem wenigstens nichts im Wege.
Nachdem ich die ersten Kurse bis für den nächsten Morgen in der Seekarte abgesteckt hatte, übergab ich fünf Meilen nach der Hafenausfahrt dem 2. Offizier die Wache und ging in meine Kajüte. Zum Kofferauspacken hatte ich weder Energie noch

Lust, so ließ ich mich halb ausgezogen auf meine Koje fallen.
Recht lustlos richtete ich mich am Folgetag ein und übernahm nach dem Frühstück die Brückenwache.
Schon in der ersten Sammelliste von Norddeich-Radio war unser Rufzeichen und ungewöhnlich schnell war eine Verbindung hergestellt. Unser Befrachter war es ... ich ahnte nichts Gutes!
Nun doch alles auf null und in Richtung Algier dampfen! Wann wir denn frühestens dort sein könnten, war die obligatorische nächste Frage. Ich überschlug schnell auf dem Übersegler die Meilen und gab ihm ein ungefähres ETA durch. Viel verspielt war ja noch nicht, brauchten lediglich südlicher dampfen und könnten am kommenden Abend dort ankommen. Ich muss dazu sagen, um 1987 sah es politisch nicht ganz friedlich in Algier aus. Das war der Grund gewesen, weshalb der Charterer uns nicht wie ursprünglich geplant war, dort hinschicken wollte. Ich hatte auch schon vorher seitens der Reederei strengste Instruktionen, alle Vorsicht walten zu lassen und gegebenenfalls, wenn sich die Konflikte zuspitzen, sofort den Hafen zu verlassen. So besprach ich noch mit dem Befrachter, es sei sicherer die Fahrt zu reduzieren, um erst in der Morgendämmerung auf der Außen-

reede anzukommen. Das war auch in seinem Sinne. Nachdem die Mannschaft über unser neues Reiseziel informiert war, kam nicht gerade Freude auf, denn jeder wusste um die augenblickliche Gefährlichkeit dort.
Wir erreichten die Lotsenstation und ich bekam über UKW-Funk Order zum Ankern. Sollten auf „Standby" bleiben, sobald die Lotsen etwas über Liegeplatz und Ladeorder wüssten, würden sie sich wieder melden. Das war mir gar nicht Recht, denn über Nacht wollte ich nicht vor Anker liegen bleiben. Es hatte zuviele Überfälle gegeben von Piraten, und ein Risiko kam nicht in Frage. Das würde bedeuten, mit Einbrechen der Dunkelheit wieder etliche Meilen von der Küste in die offene See zu dampfen und vor allem, immer in Fahrt zu bleiben. So geschah es dann auch. Obwohl die Wachoffiziere stündlich den Lotsen anriefen, hatte er keine Neuigkeiten für uns, und vor Einbruch der Dunkelheit ließ ich den Anker lichten und wir fuhren mit langsamer Maschinenkraft von der Küste fort. Am kommenden Tag das gleiche Spiel, auf diese Art und Weise verlebten wir unser Weihnachten. Ich erreichte privat zwar über Funk meinen Reeder, doch der konnte uns aufgrund der Feiertage auch nicht weiterhelfen. Ein jeder feierte eben Weihnachten, wir auf unsere Weise.

Eine Woche dauerte das zermürbende Spiel, dann hörten wir über Funk, man habe im Hafen ein kleineres norwegisches Schiff überfallen und die gesamte Besatzung ermordet, nur um deren persönliches Hab und Gut zu stehlen! Die Zustände hatten sich in den letzten Tagen in Algier erheblich verschlimmert und weder Polizei noch eingesetztes Militär bekamen den aufgewiegelten Mob in den Griff. Endlich am 2. Januar erreichte mich ein neues Ordertelegramm, wir sollten nun Algier verlassen und in Ballast in Richtung Haifa fahren, dort wäre man wegen einer Leercontainerladung am Verhandeln. Die Ladung wäre zwar noch nicht sicher und endgültig abgeschlossen ... doch erstmal in die Richtung! Sollten noch nicht mit Volldampf, sondern mit reduzierter Maschinenkraft in Richtung Israel schippern.
Ich kalkulierte mit dem Chefingenieur den Brennstoff aus, es würde wohl knapp reichen und wir müssten schon recht ökonomisch, das heißt verhalten, fahren. Die dauernde Verholerei in Algier hatte viele Tonnen Bunker gekostet! Ein Freitag kam dazwischen, und der Befrachter konnte in Israel wegen des Feiertags nichts erreichen. So stand ich schon fast in der Höhe von Zypern, als endlich das Telegramm kam, wieder alles auf null, mit dem Ladungsabschluss wäre es nichts gewor-

den, er arbeite jetzt aber an einer neuen, lohnenden Ladung von Barcelona. Ich hatte ihn wie üblich täglich über unseren Treibstoffstand informiert und er wusste selbst, nun müsste er sich entscheiden, denn jetzt reichte der Bunker nicht mehr. Schweren Herzens schickte er uns nach Zypern, denn dort war das Schweröl zu der Zeit nicht gerade billig.
Noch während wir in Zypern am Bunkern waren, brachte der dortige Makler schon die nächste Order. Diesmal sollte es fest gebucht sein, eine Ladung Phosphat von Casablanca nach Rotterdam. Fast wurde ich irre bei diesem Nervenkrieg, wäre da nicht gleichzeitig ein Fernschreiben seitens meines Reeders gekommen, spätestens in Rotterdam könnte ich meinen wohlverdienten Urlaub fortsetzen. So stieg die Stimmung gleich wieder für den Rest der Reise, die dann tatsächlich in dieser Reihenfolge ablief, mit Ausnahme einiger Winterstürme in der Biskaya und im Englischen Kanal.
Und Anfang Februar war ich dann endlich wieder zu Hause.

Geografie ist Glücksache

Nach einem Reedereiwechsel hatte ich im Sommer 1988 ein neues Kommando als Kapitän übernommen. Es war zwar nicht unbedingt nach meinem Geschmack und nach meinen Wünschen, doch das konnte ich mir weder aus persönlichen noch aus Arbeitsmarktgründen zu der Zeit aussuchen. Was vorher noch unmöglich schien, war jetzt eingetreten, auch Schiffe unter deutscher Flagge wurden plötzlich mit Kapitänen aus Osteuropa besetzt und so musste man bei den noch verbleibenden Jobs auch einige Kompromisse eingehen, um nicht auf der Straße zu liegen.
Es handelte sich um einen völlig neuen Schiffstyp für mich, eine sogenannte „Seeschlange". Das sind Schiffe, zum Teil mit bis vier-, fünftausend Ladetons, die auch flussgängig sind. Sie haben versenkbare Masten und Ruderhäuser, sind recht flach gebaut und aufgrund des relativ gering gehaltenen Tiefgangs auch in der Lage, auf Flüssen zu fahren. Etwas sarkastisch könnte man auch sagen,

und vielleicht für den Laien besser verständlich, seegängige Binnenschiffe. Sie waren teilweise recht beliebt bei den Abladern, brachten sie wie bei meiner Firma sogar Spezialladung wie ganze Bohrtürme oder andere sperrige Elemente vom Mississippi bis zum Persischen Golf.

So fuhr ich mit reichlich gemischten Gefühlen per Leihwagen nach Rotterdam, dort lag „mein Schiff" in Warteposition. Das hieß, es hatte weder Fracht noch Charter, so ließ sich das Ganze erst einmal recht ruhig an.

Nach der Übergabe, mein Kollege, den ich abgelöst hatte, fuhr dann mit dem Mietwagen nach Deutschland zurück, inspizierte ich den „neuen Dampfer". Er war, was Brückentechnik und Maschinen und Geräte anbetraf, wirklich auf dem neuesten Stand, noch nicht einmal ein Jahr alt und bestens in Schuss. Auch machte die Besatzung einen vernünftigen Eindruck auf mich. Absolute Schwierigkeiten hatte ich lediglich mit meiner Unterkunft. Sie entsprach zwar von der Fläche her den bekannten Standards, wenn nicht noch ein wenig komfortabler und größer, nur fehlte mir der Ausblick nach vorne! Der sonst gewohnte Horizont und über das Schiff hinwegschauen zu können, war nicht möglich, es gab nur Bullaugen an den Seiten und ich hegte nicht ganz unberechtigt die Befürch-

tung, mich nie daran gewöhnen zu können (was sich selbst nach Jahren noch bestätigte).
Unser Schiffsmakler kam zweimal täglich an Bord, leider ohne neue Reiseorder.
Es war herrlichstes Sommerwetter und wir lagen direkt an der Parkgade, einem Anleger mitten in Rotterdam, der als Wartepier diente. Man konnte schön am Fluss flanieren, was hunderte von Menschen auch täglich machten, und wir wurden bestaunt wie die Gorillas im Zoo, kaum dass wir uns mal an Deck sehen ließen.
Ich hatte schon mit dem Gedanken gespielt, meine Familie kommen zu lassen, schließlich waren gerade Sommerferien und es somit ein Leichtes für meine Frau gewesen, mich mit Kind und Kegel zu besuchen, da kam eine Reiseorder. Wir sollten mit Futtermittel nach Portugal und im Anschluss eine Timecharter für einen Binnenbefrachter aus dem Ruhrgebiet antreten.
Da war ich dann aber froh, dass überhaupt etwas passierte, und kurze Zeit später kam ein Hafenlotse und brachte uns zum Europort an unseren Ladeplatz. Da man dort größere Schiffe gewöhnt war, schafften es die Maschinisten gerade noch, den Ballast herauszupumpen, schon waren viertausend Tonnen Futtermittel geladen und los konnte es gehen.

Nach knapp vier Tagen erreichten wir Huelva in Südspanien, Rasmus zeigte sich von seiner besten Seite, und wir hatten die Biskaya so glatt wie die Binnenalster. Dort dauerte das Löschen der Schüttgutladung ein wenig länger und ich erhielt gleich vom neuen Timecharterer die Order, nach Santander zu verholen, um dort eine Bulkladung für Aarhus in Dänemark zu übernehmen. Da ich vorher lange Jahre in der Container-Feederfahrt gewesen war, freute ich mich natürlich über das Reiseziel und rechnete mir schon aus, dort garantiert meine Familie treffen zu können. Schließlich sind das ja kaum mehr als vier Autostunden von Kiel entfernt.

So wurde ich schon leicht unruhig, als sich das Löschen immer mehr in die Länge zog. Endlich konnten wir die Verholreise nach Spanien antreten, und da es sich wieder um Schüttgut als Ladung handelte, diesmal war es Fischmehl, dauerte der gesamte Ladungsvorgang kaum mehr als zwei Tage. Stutzig wurde ich nur, als mir der Makler die Konossemente zum Unterschreiben der Ladung und der Ladungsmenge brachte. Dort stand nämlich Arhus in Schweden drauf und nicht Aarhus in Dänemark! Ich versuchte noch, den Mitarbeiter meines Befrachters per Funktelefon zu erreichen, leider vergeblich. Da man ja nie genau weiß, ob mit

der Ladung zwischenzeitlich schon erneut gehandelt wurde, ging ich von der schriftlichen Reiseorder aus, nämlich Aarhus, Dänemark, und wollte das dann unterwegs klären.
Als ich den Befrachter am nächsten Tag endlich erreichte, tat er brüskiert und meinte, ich sollte man das tun, wozu die Order bestand, nämlich nach Aarhus, Dänemark, dampfen. Auch ein Kapitän ist heute nur noch ein Befehlsempfänger oder besser gesagt ausführendes Organ, so unterließ ich es bei meinen täglichen Positionsmeldungen, das Thema erneut anzuschneiden.
Hatte mir schon ausgerechnet, wenn alles gut läuft, und den Anschein konnte man zumindest haben, was das Wetter anbetraf, so müsste ich am Sonntagmorgen ankommen und gab entsprechend mein ETA auf. Ich wunderte mich nur, dass der Makler in Aarhus, Dänemark, dies nicht wie üblich bestätigte und schob es auf das bevorstehende Wochenende.
Ich erreichte die Ansteuerung in der ersten Dämmerung und meldete mich bei der Lotsenstation an. Man möge mir nur den Liegeplatz durchgeben und Bootsleute bestellen, die die Schiffsleinen entgegennehmen sollen. Ich benötigte keinen Lotsen, da ich von der Feederfahrt her noch eine eigene Lotsenlizenz für die meisten Ostseehäfen besaß.

Als ich bereits in der Hafeneinfahrt war, meldete sich die Lotsenstation und teilte mir mit, ich wäre in keinster Weise gemeldet und der von mir angegebene Schiffsmakler wäre hier unbekannt! So ließ ich mich im Hafen treiben und weckte meinen Befrachter im Ruhrgebiet. Nachdem er die Situation von mir geschildert bekam, wurde er ziemlich kleinlaut und gab zu, ich hätte wohl Recht gehabt mit meinem Arhus in Schweden, und ob ich es zeitlich bis Montag früh zum Löschbeginn wohl noch schaffen würde. Nun, ich überschlug schnell die verbleibende Restdistanz und konnte ihn beruhigen. So verabschiedete ich mich per Funk von den dänischen Lotsen, drehte eine Ehrenrunde im Hafen ... und dann mit äußerster Kraft durch den Sund an Kopenhagen vorbei nach Arhus, das etwa in Höhe von Bornholm auf der schwedischen Seite in Skone liegt.
Nachdem der Befrachter mich am Montag via Landtelefon händeringend um Stillschweigen bat, er hatte wohl Angst um seinen Job, waren wir von da ab die besten Freunde und ich konnte mir auch öfters ein paar mehr Freiheiten erlauben als sonst üblich.

Abschied vom Meer

Die Übernahme des Schiffes war schon ein kleines Abenteuer für sich! Montags rief der Personalchef an, es ginge am Mittwoch los. Am Mittwoch jedoch hieß es: die Woche drauf! Meine sogenannte „Seeschlange“ (flussgängiges Seeschiff) lag in der Werft und wurde und wurde nicht fertig. Die Reederei hatte es anscheinend nicht besonders eilig, denn der freie Frachtenmarkt hatte im Spätsommer 1992 mal wieder einen Tiefpunkt erreicht. Und deshalb sollte die Besatzung aus Kostengründen erst kurz vor dem Auslaufen an Bord gehen. Es war aufgrund meiner Krankheit der letzte Einsatz. Noch einmal würde der Vertrauensarzt der Berufsgenossenschaft meine Seediensttauglichkeit nicht verlängern. Trotzdem war es für die gesamte Familie ein recht belastender Nervenkrieg, über Wochen auf gepackten Koffer zu sitzen. Und so war ich Ende September froh, als der bewusste Anruf mit der Reiseorder nach Emden kam.

Bei der Schiffsübergabe durch die Inspektion gab es nicht viel zu besprechen, denn es handelte sich um mein ehemaliges Schiff. Wir liefen noch am frühen Abend in Ballast die Ems hinunter. Sollte am kommenden Tag im Europort Rotterdam eine Schüttgutladung Futtermittel für Cork in Irland übernehmen und anschließend - einmal um die Insel - in Liverpool Coils für Spanien laden. Coils, das sind Autobleche in Rollen. Es gibt sie in den unterschiedlichsten Größen und Gewichten. Sie gehören nicht zu einer meiner favorisierten Ladungen, denn es ist sehr gefährlich, wenn sie erstmal ins Rutschen geraten! Dann noch Teilladung für Bilbao im Baskenland, sprich Biskaya, und der zweite Part war für Barcelona bestimmt.
Über die erste Ladung lässt sich nicht viel berichten, alles lief glatt. Auch während der Ballastreise durch die berüchtigten Hebriden nach Liverpool verwöhnte uns Rasmus mit bestem Wetter! Dort brachte uns der Lotse, unter eine überdachte Ladehalle. Nichts ist schlimmer für die teuren Stahlcoils als Feuchtigkeit oder Regen, wegen der Rostgefahr. Kaum war das Ballastwasser aus dem Schiff gepumpt, begann das Laden.
Der Steuermann überwachte mit mir gemeinsam jede einzelne Rolle, die im Laderaum abgesetzt wurde, damit sie ja sicher im Sattel liegen und

nicht verrutschen könnte. Die obersten wurden dann noch mit Drähten gelascht. Da es sich um recht schwere Coils handelte, war die Beladung bereits am frühen Vormittag des nächsten Tages beendet.
Auch die südgehende Reise an der englischen Küste entlang und selbst meine geliebte Biskaya blieben ruhig und wir erreichten drei Tage später Bilbao. Die Teilladung ging wie geplant an Land, und schon Stunden später wurde die Reise in Richtung Mittelmeer fortgesetzt. Ich hatte mir aufgrund der verbleibenden Restdistanz schon ausgerechnet, dass wir in Barcelona in ein Wochenende laufen würden und das klappte sogar! Wir erreichten Samstag vormittag die Reede vor Barcelona. Der Makler wollte mich bis zum Löschbeginn am Montag auf Reede vor Anker liegen lassen, doch gelang es meiner Überredungskunst, uns in den Hafen zu holen. Vor Anker müssten wir die Brücke im Wachbetrieb besetzt halten. Bei einem Zweiwachbetrieb rund um die Uhr freute man sich über jede geschenkte Nacht im Hafen. Und so hatten wir bei strahlendem Oktoberwetter ein ruhiges Wochenende am Mittelmeer, das jeder auf seine Weise nutzte.
Der Maschinist hatte ein dringendes Ersatzteil für die Frischwasserkühlpumpe geordert, das eigent-

lich schon per Luftfracht in Bilbao angekommen sein sollte. Nun hoffte er auf Barcelona, aber auch dort war es nicht auffindbar. Der zuständige Maschineninspektor hatte ihm über Landtelefon noch ein paar wertvolle Tipps gegeben, wie er sich mit Bordmitteln behelfen könne. Die Reparatur aber war aus Zeitgründen jetzt nicht mehr möglich, da wir gleich Montag abend Richtung Algier weiter sollten, um Dienstag zum Ladebeginn dort zu sein. Ich legte meinen Kurs zwischen die Balearen und erlebte dort das heftigste Gewitter meines Lebens! Es war schon ein faszinierendes Naturschauspiel, wie die Blitze auf die Inseln, wie ein Feuerwerk einschlugen! Es mussten sich wohl mehrere Gewitter zur gleichen Zeit entladen haben. Nach dem Passieren der Enge im freien Mittelmeer ließ es nach und wir erreichten pünktlich die Reede vor Algier. Wie nicht anders zu erwarten, hatte man noch keine Order, und so ließ ich den Anker fallen. Zum Glück war es jetzt politisch ein wenig stabiler als noch vor Jahren, und wir machten uns auf eine längere Ankerzeit gefasst.
Es handelte sich, wie mir durch verschiedene Telex bekannt war, um eine Reisecharter. Dort sind die Stunden für die Beladung vertraglich festgelegt und beim Überschreiten der vorgegebenen Zeit drohen empfindliche Strafen in harter Währung!

Darum war ich auch nicht groß überrascht, dass die Lotsen uns doch schon am kommenden Tag in den Hafen holten. Die Einklarierung war wie immer in diesen Ländern ein Erlebnis für sich und kostete jede Menge Stangen Marlboro (die wohl härteste Währung der Welt) und viele, viele Flaschen Whisky. Jeder gute Araber braucht nun, egal für welche Dienstleistung auch immer, seine Belohnung, und ohne Bakschisch läuft nichts.
Wir sollten Weißblechschrott und auch noch ein paar Edelsorten Kupferspäne laden. Da es vier verschiedene Sorten waren, mussten Schotten zur Separation gebaut werden, denn unser Schiff verfügte nur über eine durchgehende Ladeluke. Trotzdem begann man zügig, zumindest für dortige Verhältnisse, mit dem Laden. Der Schrott wurde per LKW angeliefert und mit einem Autokran in die Luke geschüttet. Das nahm viel Zeit in Anspruch. Darum konnte ich die Reederei schon am Nachmittag über Telex auf eine längere Liegezeit vorwarnen.
Unser Maschinist begann seine aufwändige Reparatur an der Hauptmaschine und meldete mir nach zwei Tagen, es wäre erledigt, wenn auch nur als Provisorium, da ihm das Ersatzteil fehlte. Sechs Tage später war der Ladevorgang beendet, auch wenn die ursprünglich vorgesehene Menge lange

nicht an Bord war. Es gab angeblich keine weitere Ladung mehr, obwohl ich eher annahm, die Kosten waren den Algeriern zu hoch, die im Vertrag vorgegebene Liegezeit war lange überschritten. Jetzt konnte die Reise Richtung Amsterdam beginnen. Aufgrund des geringeren Volumens war die Ladungsverteilung nicht optimal, denn es lagen vier hohe Haufen in der Luke.

Das Wetterfax sah gut aus, lediglich im Norden zogen ein paar Tiefdruckgebiete vom Nordatlantik in Richtung Westen. Die beobachtete ich laufend, und bereits in der Höhe von Lissabon hatten sie sich zu einem Riesensturmtief vereint. Cap Finisterre, der Eingang in die Biskaya, war noch nicht ganz erreicht, da legte der Sturm schon los und mein knapp neunzig Meter langes Schiff machte gewaltige Bocksprünge. Auf dieser Art von Schiffen hat man eine minimale Augenhöhe, so erlebt man einen Sturm aus einer völlig anderen Perspektive, ähnlich wie auf einem Segelboot. Die Wellen türmen sich vor einem auf und man kann erst, wenn man die Spitze eines Wellenbergs erreicht hat, die folgenden sehen. Und die Wellen wuchsen aus meiner Sicht zu gewaltigen Bergen und ich musste mit der Geschwindigkeit spielen! Oben auf einem Wellenberg sofort die Fahrt aus dem Schiff nehmen, damit die Back nicht zu sehr im dem folgenden Tal versinkt und nicht mehr Wasser schöpft, als es aller Vorsicht zum Trotz bereits der Fall war! Als mir der Maschinist dann noch meldete, er hätte mit der bewussten Kühlung wieder Probleme und wir könnten keine Vollast fahren (nur reduzierte Maschinenkraft) wurde mir klar, Rasmus wollte sich auf seine Weise von mir verabschieden! Anscheinend hatte es sich bis zu ihm rumgesprochen, dass dies meine letzte Reise sein sollte!

Bei Tageslicht ging es besser, denn man konnte die Wellenberge anlaufen sehen, und inzwischen hatte der Wind wohl gute 11 bis 12 Beaufortstärke erreicht.

Nachts war das trotz aller Deckstrahler und Scheinwerfer schon schwieriger. So musste Welle für Welle im wahrsten Sinne der Seemannssprache abgeritten werden! Das Orkantief zog nicht weiter wie gehofft nach Westen ab, sondern drehte sich im Kreis und hing quasi über der Biskaya fest. Wir kämpften uns drei Tage so durch, als es sechzig Seemeilen vor Ushant plötzlich aufhörte zu pfeifen. Das Barometer hing zwar noch im tiefsten Keller und die Dünung war gewaltig, aber es war gespenstisch still. Das war die berühmte Mitte. Bei Tropenstürmen spricht man vom Auge des Orkans. Nun versuchte ich, soviel an Meilen gutzumachen, wie unsere lädierte Maschine es hergab. Die französische Küste näherte sich, und als es mit Westkurs in den Kanal ging, war auch die Dünung etwas abgeflaut. Ich übergab dem Steuermann die Wache und verließ nach fast vier Tagen zum ersten Mal das Ruderhaus. Ich fiel völlig erschöpft in voller Montur auf meine Koje und wachte erst zehn Stunden später wieder auf, man hatte mich schlafen lassen. Nach einem kurzen Kontrollgang auf der Brücke konnte ich mich duschen und endlich frische Plünnen anziehen. Ich musste ja wie ein Iltis gestunken haben nach den langen Tagen.

Dann trat ich meine Wache an und hatte noch genügend Zeit, über die vergangenen Tage nachzudenken. Der Sturm nahm zwar wieder zu, nach dem Erlebten jedoch konnte mich nicht mehr viel erschüttern.

Selbst als die Order kam, die Hafeneinfahrt von Amsterdam sei gesperrt und ich müsste in die Hook (Einfahrt nach Rotterdam), konnte mich das nicht aus meinen Gedanken bringen. Sollte das nun das Abschiedsgeschenk von Rasmus am Ende meiner Seefahrtszeit sein ... oder wollte er mich gar behalten?

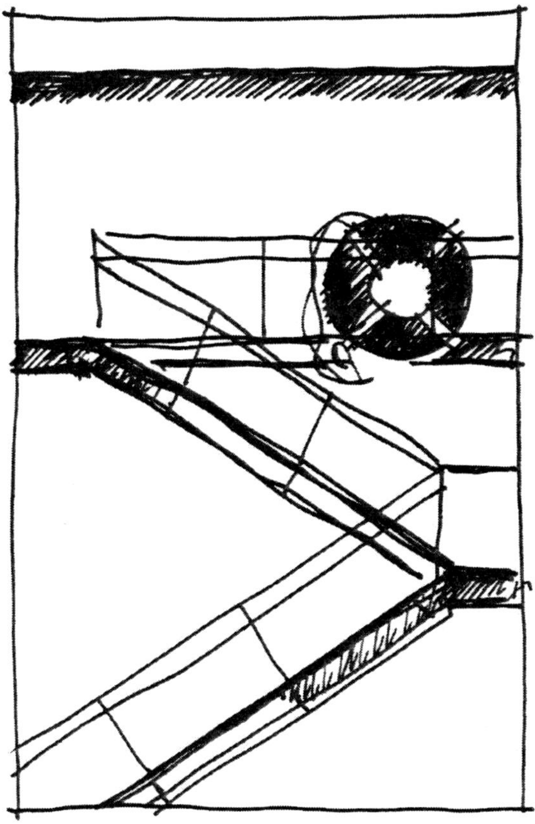

Noch ein Wort zum Schluss

Diese letzte Geschichte habe ich drei Tage lang immer wieder überarbeitet. Sonderbar, hier in Torrox-Park, mit Blick auf das Mittelmeer, hatten wir seit meiner Ankunft Anfang Januar nur strahlenden Sonnenschein und selbst für Andalusien im Januar ungewöhnlich frühlingshafte Temperaturen und so gut wie keinen Wind. Doch das wurde anders ab dem Tag, an dem ich anfing, das Erlebte niederzuschreiben.

Ich habe schon vor Jahren, und nicht nur durch dieses schlimme Erlebnis der letzten Reise geprägt, wieder zum Christentum zurückgefunden und bekenne mich auch dazu ... trotzdem, wir Seeleute haben ja immer ein Faible für den Aberglauben, da wundert es mich doch, dass Rasmus von der ersten Stunde an sich auch hier an meiner friedlichen Winterresidenz wie wild gebärdet und der Sturm nicht nachlässt! Ich schätze mal, dafür muss diese dreizehnte Geschichte erst fertig sein. Ob es wohl morgen wieder schön sein wird?

Register einiger im Buch enthaltener Fachwörter

Ablader – Ladungsbefrachte
achtern – hinten
Agent – erledigt alle Formalitäten für das Schiff
„Allinkludet“ – all included, alles einbegriffen
Außenreede – Ankerplatz meist außerhalb des Hafens
Back – viele Bedeutungen; in diesem Fall Tisch
Backspinden – abschließbare Vorratsschränke
Beaufortstärke – Windstärke nach der Beaufortskala, benannt nach dem englischen Admiral Beaufort
Befrachter – zuständiger Ladungsagent
Bugstrahlruder – Propeller, der den Steven des Schiffes von rechts nach links schieben kann und umgekehrt
Bulkladung – Schüttgutladung
Bullaugen – runde Schiffsfenster
Bunkerbestand – noch vorhandener Treibstoff
Bunkern – Treibstoff übemehmen
Bunkerstopp – Halt um Treibstoff aufzunehmen
Bunker und Proviant – Treibstoff und Verpflegung
Charterer – hat ein Schiff auf Zeit oder für eine Reise angemietet
Chief – leitender Ingenieur
Coastguard – Küstenwache
Container-Feederfahrt – kleinere Zubringerschiffe, die aus Nord- und Ostsee die Container zusammenstellen und pünktlich zu den Abfahrten der Containerriesen zu bringen haben
Crew – Besatzung

Dampfervormann – Boss der Hafenarbeiter für das entsprechende Schiff
Deadweight – Gesamtgewicht
Decksschäkel – hufeisenförmig aus Gusseisen, um verschiedene Stahlseile zu verbinden
Deviation – Abweichung des Kompasses oder auch vom Kurs abkommen
Eigner – Besitzer oder Reeder
Einklarierung – Behördliche Abfertigung durch Zoll, Polizei, Gesundheitsamt und Erteilen von Landgangserlaubnis für die Besatzung
ETA – estimated time of arrival - geschätzte Ankunftszeit
Festmacher – Arbeiter, die Arbeiten mit den Festmacherleinen erledigen
Freilager – zollfreie Waren
gelascht – verzurrt, gesichert
Gangway – Landgangsverbindung vom Schiff zur Pier
gehievt – gezogen
Gezeitenstrom – Fließgeschwindigkeit zwischen Ebbe und Flut
GL – Germanischer Lloyd, zuständig für Klassifizierung und Baumaßnahmen
Gilberthesen – Besatzungsmitglieder, die komplett im Mannschaftsbereich, Deck, Kombüse eingesetzt werden können und von einer Pazifik-Insel-Gruppe vor Australien stammen
Havarie – Unfall jeglicher Art
Heuer – Arbeit; kann im anderen Zusammenhang auch Lohn heißen
Heuerbass – Chef der Behörde des zuständigen Arbeitsamtes, Vermittlungsstelle
Heuerstall – Vermittlungsstelle des Arbeitsamtes mit Spezialabteilung für Seeleute
Knoten – Geschwindigkeit des Schiffes über Grund
Konossement – Schiffsfrachtbrief - handelbar, zeigt den Besitzer der Ladung an, muss vom Kapitän im Namen des Ladungsbesitzers quittiert werden, Inhaberpapier

Kümo – Küstenmotorschiff, Einsatz Nord- und Ostsee sowie Mittelmeer

Ladebäume gewriggt – seeklar gemacht

laschen – verzurren, sichern

Leercontainer – leere Container

Leichtmatrose – drittes Lehrjahr; Schiffsjunge, davor Jungmann

Logis – Unterkünfte der Besatzung

Lukendecks – unterteilte Zwischendecks in den Ladeluken

MAK-Fachingenieure – Ingenieure der Maschinenmarke MAK

Makler – in diesem Fall nur eine andere Bezeichnung für Agenten

Mannschaftsmesse – Ess- und Aufenthaltsraum der Mannschaft

Matrosenbrief – Gesellenbrief

Moses – Schiffsjunge 1. Lehrjahr, dann Decksmann, Leichtmatrose und Matrose

Norddeich-Radio – Küstenfunkstelle

Pantryausrüstung – Reinigungsmittel, Geschirr u.a. für Seeleute

Pinte – Hafenkneipe

Rasmus – Gott der Stürme und des Windes

Reisecharter – Vermietung des Schiffes seitens der Reederei an den Verlader

Revierfahrt – Küstennähe, meist unter Lotsenberatung

Rollperiode – Zeit, die ein Schiff braucht, um sich von einer auf die andere Seite zu werfen

Rüberarbeiter – Überfahrt, Essen und Koje für die Überfahrt

Rufzeichen – Identitätsname mit jeweils vier Buchstaben, für Deutsche Schifffahrt mit D beginnen; z.B. DDPH

SBG – Seeberufsgenossenschaft, für Überwachung von Schiffssicherheit, Renten und Krankenkasse der Seeleute zuständig

Schauerleute – Hafenarbeiter

schwedische Meile – entspricht 10 km

Seediensttauglichkeit – dokumentiert gesundheitliche Unbedenklichkeit
Seefahrtschule – zum Erwerb nautischer oder technischer Patente
seeklar – Schiff für die kommende Reise fertig machen
Seetörn – Seereise, Überfahrt
Speiserolle – im Seemannsgesetz nach dem Krieg fest gelegte wöchentliche Mindestration an Bordverpflegung
Standby – in Bereitschaft
Stauholzbretter – Schalholz
Steuermann - 1. Offizier, auf kleinen Schiffen spricht man vom Alleinsteuermann
Steven – Vorderteil des Schiffes, auch Bug genannt
Stores – Ausrüstung, Deck, Maschine
Tampen – Tauwerk, früher aus Hanf, heute aus Kunststofffasern
Tidenhub – Gezeitenhub (bei Ebbe und Flut; extrem bei Voll- und Neumond)
Truck – LKW
Übersegler - Seekarte mit großem Ausmaß, z.B. das gesamte östliche Mittelmeer
Verholerei – hin und her fahren
Verholreise – Schiff kurz von einem Hafen zum nächsten oder im Hafen von einem Liegeplatz an den anderen
verholen – Schiff von einem an den anderen Platz bringen, kann auch bedeuten von einem Hafen zum anderen
Wetterfax – man kann sich per Fax die aktuellen Seewetterberichte ausdrucken
wriggen – stellen des Ladegeschirrs, kann auch bedeuten Ruderboot mit einem Riemen (Ruderblatt) zu bewegen
wriggen der Ladebäume – sie so in Position zu bringen, um die Ladung zu bewegen
YMCA – Christlicher Verein junger Männer
Zampel – Gepäckstück, kann auch Seesack sein